Fiançailles secrètes

Barbara Cartland

Fiançailles secrètes

Traduit de l'anglais par Marie-Noëlle Tranchart

J'AI LU

POUR elle

Titre original :
Mine For Ever

1889

1

En ce début avril, le temps était superbe. Un petit vent frais agitait les feuillages d'un vert encore très tendre, tandis que les corolles des premiers crocus, des primevères ou des jacinthes des bois pointaient dans l'herbe veloutée des pelouses.

Au petit trot de son étalon bai, le comte James de Sherborne monta l'allée du manoir des Étangs, un charmant bâtiment datant du XVIIe siècle.

Il se rendit directement aux écuries, où il laissa son cheval aux soins d'un groom. Puis il se dirigea d'un bon pas vers le manoir.

Il était heureux à la pensée de voir la ravissante Liliana. Avec ses longs cheveux noirs, son discret sourire et ses grands yeux dorés, la jeune fille l'avait séduit dès le premier instant. Il avait appris ensuite à apprécier sa vive intelligence, sa grande culture et son sens de l'humour. À dix-huit ans à peine, Liliana avait énormément de personnalité. De plus, c'était une cavalière émérite, ce qui représentait une qualité primordiale pour ce passionné d'équitation.

Comment ne serait-il pas tombé amoureux de cette ravissante jeune fille qui semblait faite pour lui ?

Sir William Parker et sa femme, lady Eleanor, paraissaient voir d'un bon œil l'idylle naissante de leur fille avec leur séduisant voisin, le septième comte de Sherborne.

Depuis quelques semaines, les jeunes gens se retrouvaient régulièrement pour de longues promenades à cheval. Et tout le monde s'attendait à l'annonce de leurs fiançailles.

Le comte soupira.

« Une annonce qu'il va falloir retarder. Pauvre petite Liliana… Cela me désole de devoir lui faire de la peine. Comment va-t-elle prendre la nouvelle ? »

La porte du manoir s'ouvrit avant même qu'il ait gravi la première marche du perron. Holmes, le majordome, l'accueillit d'un grand sourire.

— Bonjour, milord.

— Bonjour, Holmes. Mlle Parker est-elle là ?

— Mais oui, milord.

— Voulez-vous avoir la gentillesse de la prévenir de ma visite, Holmes ?

— Tout de suite, milord.

Le majordome fit entrer le comte au salon, où Liliana le rejoignit quelques minutes plus tard.

— James ! Quelle bonne surprise !

Il lui prit les mains et la contempla avec une intensité passionnée.

— Liliana…

Elle lui adressa un sourire radieux.

— Vous avez l'air bien sérieux.

Il se mit à toussoter.

— C'est-à-dire que…

— Si nous allions dehors ? proposa-t-elle. Il fait si beau ! Passons par le jardin d'hiver. Je vous montrerai les nouvelles orchidées.

— Si vous voulez.

En réalité, le comte n'avait pas le cœur de s'intéresser aux orchidées de cette sorte de serre où sir William, un passionné de botanique, avait réuni dans un désordre exubérant les plantes exotiques les plus rares.

— Je vous trouve bien bizarre, James, remarqua la jeune fille en l'entraînant dans le parc.

Son père ne regardait pas à la dépense et les jardins du manoir des Étangs comptaient parmi les plus beaux du royaume.

À pas lents, ils suivirent une allée bordée de lilas odorants et arrivèrent devant une grande pergola que James de Sherborne examina d'un œil distrait.

— C'est nouveau, cela ? interrogea-t-il enfin, sans réel intérêt.

— Oui. Le menuisier l'a terminée avant-hier.

Rassemblant sa jupe en taffetas bleu pâle, Liliana alla s'asseoir sur l'un des bancs fixés aux arches fraîchement rabotées.

— L'été prochain, quand nous viendrons nous installer ici, personne ne nous trouvera, fit-elle d'un air malicieux.

— L'été... soupira le comte.

Sans remarquer son air soucieux, la jeune fille poursuivit :

— Mon père a l'intention de faire planter des rosiers grimpants. Et à la belle saison, la pergola tout entière sera couverte de fleurs odorantes.

Après s'être assurée qu'aucun jardinier ne se trouvait à proximité, elle se lova tendrement contre lui.

— Nous viendrons nous jurer un amour éternel sous les roses.

Il s'efforça de sourire.

— Mais nous nous sommes déjà juré un amour éternel.

— Ce sont des serments qu'il est bien agréable de renouveler. Cet été…

Il l'interrompit.

— Cet été, Liliana, je ne serai pas ici.

Elle devint aussi blanche que sa blouse en mousseline ornée d'une multitude de plissés.

— Que… que voulez-vous dire ?

— Je pars demain matin.

— Où ?

James prit une profonde inspiration.

— Liliana, vous savez combien je vous aime. Jamais une autre femme ne comptera pour moi.

— Vous m'aimez… et vous partez ?

— Mon devoir doit passer avant tout.

Le cœur étreint d'émotion, elle balbutia :

— Votre… votre devoir ?

— Mon devoir envers Sa Majesté la reine Victoria et envers mon pays. N'oubliez pas que je suis avant tout un soldat.

— Soit. Mais à la mort de votre père, lorsque vous avez hérité du titre et du domaine, n'avez-vous pas été délié de vos obligations ?

— Pas vraiment. Je suis considéré pendant quelques années encore comme officier de réserve. En cas de danger, je dois servir ma patrie. De graves troubles se sont déclarés aux Indes. La reine, que cette situation préoccupe beaucoup, m'a convoqué hier au château de Windsor. Elle m'a elle-même donné l'ordre de me rendre là-bas afin d'y contacter les services secrets.

— Là-bas… aux Indes ?

— Je suis chargé d'étudier la situation dans tous les endroits à risques et d'établir un rapport. Il s'agit d'une mission importante et je suis fier que Sa Majesté m'ait choisi.

— J'en suis fière, moi aussi, mais si cela signifie que vous devez me quitter…

— Ai-je le choix ?

La jeune fille se laissa tomber sur l'un des bancs de la pergola et se mit à sangloter. Le comte s'assit à côté d'elle et la prit dans ses bras.

— Je vous en supplie, ma douce Liliana, ne pleurez pas.

— Tout semblait si simple ! Nous devions annoncer officiellement nos fiançailles, notre mariage aurait été célébré à l'automne…

Avec désespoir, elle s'écria :

— Et maintenant ?

— Il faudra retarder tout cela.

— Si… si vous étiez blessé ? Si… si vous étiez tué ?

— Ne dramatisez pas, ma chère Liliana. Pourquoi voir tout en noir ? Vous savez, je suis déjà allé aux Indes, et même au Siam et en Afrique. Il m'est parfois arrivé d'être en danger.

Avec un petit rire, il conclut :

— Je suis toujours revenu.

— S'il vous arrivait malheur, je n'y survivrais pas, fit la jeune fille avec une soudaine gravité.

— Il ne m'arrivera rien, assura-t-il.

Il prit la main de Liliana et déposa un léger baiser au creux de sa paume avant de demander avec gravité :

— M'attendrez-vous, mon amour ?

— Vous savez bien que oui.

— Me promettez-vous, dès mon retour des Indes, de m'épouser ?

— Quand reviendrez-vous ?

— Probablement au cours de l'hiver prochain. À ce moment-là, nous nous marierons le plus vite possible, sans perdre de temps en interminables fiançailles.

Elle sourit à travers ses larmes.

— Allons vite annoncer la nouvelle à mes parents. Ils seront si heureux !

Le visage de James s'assombrit.

— Je préfère que nos fiançailles restent secrètes, ma douce Liliana.

— Oh ! Pourquoi ? Je ne peux même pas en parler à ma mère ?

— Non. Les responsables des services secrets sont très stricts au sujet du statut des officiers qu'ils envoient au loin. Ceux-ci ne doivent être ni mariés, ni même fiancés.

La jeune fille crut trouver une échappatoire.

— Si nous avions annoncé nos fiançailles plus tôt, vous ne seriez pas parti. Pourquoi ne pas les célébrer maintenant ? Ainsi, vous vous trouverez automatiquement délié de vos obligations et…

Le comte la fit taire d'un baiser.

— Ne parlez pas ainsi, mon amour. M'arranger pour éviter de faire mon devoir ? Je ne me le pardonnerais jamais.

Elle le regarda avec adoration.

— Vous êtes quelqu'un de bien et je suis fière de vous.

— Nos fiançailles doivent absolument rester secrètes, insista James. Puis-je compter sur vous pour ne pas en parler ?

— Même pas à mes parents ?

— Même pas. Sans réfléchir, ils pourraient commettre une indiscrétion. N'oubliez pas qu'il s'agit de ma dernière mission. Je tiens à la réussir.

— Après, vous ne partirez plus jamais ?

— Si, fit-il, soudain taquin. J'ai bien l'intention de m'en aller loin, très loin…

Voyant le visage de la jeune fille se crisper, il lui caressa la joue.

— Avec vous, ma douce Liliana. Je vous laisse choisir la destination de notre voyage de noces. Si je reviens en décembre, nous pourrions annoncer nos fiançailles le jour de Noël. Qu'en dites-vous ?

— D'ici là, je vais beaucoup pleurer.

— Pas du tout, vous m'attendrez patiemment en brodant votre trousseau.

Plusieurs voitures montaient l'allée. Puis des chiens se mirent à aboyer joyeusement.

— Mon père était allé à Londres ce matin, dit Liliana. Il doit déjà être de retour. Vous entendez ? Les chiens lui font fête.

Elle parut soucieuse.

— Deux voitures suivaient la sienne. Il a encore dû ramener à la maison des relations d'affaires. Cela lui arrive de plus en plus souvent en ce moment. Tous ces messieurs s'enferment dans la bibliothèque et discutent pendant des heures.

Trois dalmatiens vinrent sauter autour de Liliana et de James. Ils étaient suivis par sir William Parker, un bel homme d'une cinquantaine d'années.

Les deux hommes se saluèrent.

— Je montrais la pergola à James, expliqua la jeune fille.

— Je venais y jeter moi-même un coup d'œil, dit sir William. J'avais demandé hier au menuisier d'ajouter deux bancs, et je constate que cela n'a pas encore été fait.

— Père, vous voulez toujours que tout soit prêt en cinq minutes. Laissez le temps à ce pauvre Simon de fabriquer vos bancs !

Sir William paraissait lui-même trop soucieux pour remarquer que sa fille venait de pleurer.

— Excusez-moi, mais je ne peux pas m'attarder. J'ai ramené de Londres des... des associés. Nous avons plusieurs dossiers importants à traiter et je prévois de longues discussions.

Là-dessus, le châtelain s'éloigna, suivi par les dalmatiens.

James prit les mains de la jeune fille et plongea son regard dans le sien.

— Je peux compter sur vous pour garder la plus grande discrétion ?

— Nous sommes fiancés... mais personne ne doit le savoir, fit-elle avec amertume.

— Exactement.

— Tous ces mois d'attente...

— Je ne resterai pas éternellement aux Indes. Avec un peu de chance, je serai de retour avant la fin de l'année.

— C'est bien loin.

— Soyez raisonnable, mon amour, dit-il en l'enlaçant. Que représentent quelques mois de patience en comparaison de toute une longue vie de bonheur à deux ? Et peut-être, bientôt, à trois, à quatre...

Elle ne put s'empêcher de rire.

— Nous ne sommes pas encore mariés, personne ne doit savoir que nous nous sommes promis l'un à l'autre... et vous pensez déjà à nos futurs enfants ?

— Je vois une petite fille avec vos yeux, votre sourire...

— Moi, je vois un petit garçon n'ayant peur de rien. Comme vous !

James resserra son étreinte.

— Nous aurons un petit garçon ainsi qu'une petite fille, et nous serons merveilleusement heureux. Soyez patiente, mon amour. N'oubliez jamais que je vous aime.

Leurs lèvres se rencontrèrent dans le plus doux des baisers. Puis, le cœur lourd, Liliana reconduisit le comte jusqu'aux écuries.

— Vous m'attendrez ? redemanda-t-il.

— Vous savez bien que oui. Je vais compter les heures, les jours...

Comme les palefreniers pouvaient les voir, il se contenta de lui serrer la main d'une manière très protocolaire.

Longtemps, la jeune fille demeura en haut de l'allée. Luttant contre ses larmes, elle avait vu James partir au petit trot, franchir la grille et disparaître.

Elle ne le reverrait donc pas avant plusieurs mois ? À cette pensée, son cœur se déchirait.

Enfin, à pas lents, elle se décida à regagner le manoir. Son père et ses amis s'étaient, comme d'habitude, installés dans la bibliothèque. D'ordinaire, la conversation était très feutrée. Mais cette fois, ces messieurs parlaient fort, chacun cherchant à couvrir la voix des autres.

« On dirait qu'ils se disputent », pensa Liliana avec stupeur.

Elle ne savait rien des affaires du maître de maison. Et sa mère pas davantage.

— Je traite avec des gens très importants, disait parfois sir William.

À quel sujet ? Jamais Liliana n'avait osé demander d'éclaircissements.

En passant devant la porte, elle entendit un homme s'écrier, avec un fort accent étranger :

— Non, non ! Il y a trop d'éléments en jeu. Vous rendez-vous compte de la gravité de la situation ? Si nous ne réussissons pas, nous risquons de finir tous en prison.

Malgré elle, la jeune fille ralentit le pas.

« La prison ! Mon Dieu, de quoi peut-il bien s'agir ? »

Elle reconnut la voix de son père :

— Chut ! Ne parlez pas si fort, voyons ! Un domestique peut nous entendre.

Sur la pointe des pieds, Liliana regagna sa chambre. Après avoir vérifié sa tenue, elle alla frapper à la porte du boudoir où sa mère avait l'habitude de se tenir.

— Entrez, fit une voix mélodieuse.

La jeune fille trouva lady Parker assise près de la fenêtre. Avec application, elle brodait un ornement d'église à l'aide de fils de soie.

— Tiens, te voilà, ma chère enfant ? Où étais-tu donc ?

Avec un sourire, elle ajouta :

— À cheval, je suppose !

— Non. Je viens de recevoir la visite de James de Sherborne.

Les yeux de lady Eleanor s'illuminèrent. Elle abandonna immédiatement son ouvrage.

— Et ? fit-elle, avec espoir.

Il était évident qu'elle s'attendait à ce que sa fille lui annonce une bonne nouvelle. Un profond soupir gonfla la poitrine de Liliana.

— Il part demain pour les Indes.

Sa mère eut un mouvement si brusque qu'elle se piqua. Une goutte de sang perla à son index.

— Que dis-tu là ?

Tête basse, la jeune fille répéta :

— Il part demain pour les Indes. La reine l'a chargé d'une importante mission là-bas.

— Je croyais qu'il ne devait jamais retourner combattre.

— Il était encore de réserve et quand Sa Majesté lui a ordonné de partir, il a bien été obligé d'obéir.

Tout en s'essuyant le doigt à l'aide d'un petit mouchoir en fin linon, lady Parker haussa les épaules.

— Si vous vous étiez mariés, il serait resté.

En haussant les épaules, lady Eleanor poursuivit :

— Voilà à quoi cela sert d'attendre indéfiniment. Dans la vie, mieux vaut prendre des décisions rapides.

— Rien ne pressait, mère.

— Soit ! Mais maintenant, il part. Et toi, tu restes là, et tu n'as plus que tes yeux pour pleurer.

— Je ne pleure pas.

— À d'autres ! Je vois bien, moi, que tu as déjà versé beaucoup de larmes.

— De toute manière, il était impossible à James de se dérober à son devoir.

— N'empêche que si vous étiez mariés... s'entêta lady Eleanor.

Liliana s'efforça de plaisanter.

— Qui a dit qu'avec des « si », il était possible de mettre Paris en bouteille ?

— Quand reviendra-t-il ?

— Il n'en est pas sûr. Peut-être pour Noël.

— Tu ferais bien, alors, de t'arranger pour qu'il demande ta main. Et sans tarder !

Liliana aurait tant voulu se confier à sa mère !

« Oui, aurait-elle pu triompher. Il a bien l'intention de m'épouser dès son retour des Indes. »

Mais n'avait-elle pas promis de garder le secret ?

Lady Parker secoua la tête.

— Je ne prétendrai pas que ta réputation est perdue. Je regrette cependant de t'avoir laissé trop de liberté. Nous avons eu tort de te laisser voir ce jeune homme presque tous les jours. En tête à tête, qui plus est ! Il faut dire que ton père et moi étions tellement persuadés que tout cela allait se terminer par un mariage...

Elle laissa échapper un rire sans joie.

— Et voilà ! Ce joli monsieur s'en va. Et comme je le disais il y a un instant, tu n'as plus que tes yeux pour pleurer.

Les amis de sir William partirent en fin d'après-midi. Liliana était dans sa chambre quand elle entendit un roulement de voiture. Elle jeta un coup d'œil par la fenêtre et vit une berline et une calèche descendre l'allée.

Jamais son père n'avait convié ces messieurs à dîner. Jamais, non plus, il n'avait jugé bon de les présenter à sa femme ou à sa fille.

Un peu plus tard, à table, sir William paraissait de très mauvaise humeur. Le cuisinier français avait pourtant préparé son plat préféré : des langoustes Thermidor. À la grande surprise de sa femme, il en laissa la moitié dans son assiette.

— Vous n'avez pas faim, mon ami ?

— Guère, grommela-t-il.

— Comme dessert, nous aurons une tarte à…

Le châtelain se leva.

— Je n'en prendrai pas. J'ai mille choses à faire, je vous laisse, mais que cela ne vous empêche pas de faire honneur à votre dîner.

Là-dessus, il quitta la salle à manger, sous le regard atterré de sa femme et de sa fille.

— Ton père est de bien mauvaise humeur, soupira lady Parker. Chaque fois qu'il a des discussions avec ces gens de Londres, c'est la même chose.

— De quoi s'agit-il ? De réunions politiques ? De réunions d'affaires ?

— Je n'en sais rien, Liliana. J'ai toujours évité de poser des questions à ton père. S'il jugeait bon de me donner des explications, il le ferait. Le rôle d'une épouse n'est pas d'interférer dans les activités de son mari. Tu le comprendras le jour où tu te marieras.

En soupirant, elle ajouta :

— Si tu te maries un jour…

En cet instant, Liliana aurait donné tout ce qu'elle possédait pour pouvoir rassurer sa mère.

« James et moi sommes fiancés. Nous nous marierons dès son retour. »

Oh ! Comme elle aurait été heureuse de pouvoir annoncer cela triomphalement. Malheureusement, cela lui était impossible. Ne devait-elle pas respecter les promesses qu'elle venait de faire au comte de Sherborne ?

2

Les jours s'écoulaient avec une lenteur désespérante.

« L'hiver ne viendra donc jamais ? » se demandait souvent Liliana.

Elle tentait de s'occuper en montant à cheval, en rendant visite à sa meilleure amie, Élisabeth de Swinton, ou encore en aidant sa mère à diriger la maison. Il lui arrivait aussi de se rendre à Londres pour faire les magasins de Bond Street, en compagnie de sa mère ou d'Élisabeth. Elle lisait également beaucoup, en anglais comme en français. Et elle avait repris ses livres d'italien afin de se perfectionner dans cette langue.

Mais tout cela ne comblait pas le vide immense qu'avait laissé dans sa vie le départ du comte de Sherborne.

Même si Liliana avait l'impression que le temps s'était arrêté, l'été arriva enfin. Puis ce fut l'automne…

L'hiver approchait. Et bientôt, James reviendrait.

La jeune fille ne vivait que pour les lettres de son fiancé secret. Des lettres qui se faisaient de plus en plus rares. James prétendait avoir énormément de travail. « La situation est beaucoup plus grave que je ne le pensais », écrivait-il. Cela ne l'empêchait pas d'espérer revenir avant la fin de l'année.

Sir William Parker paraissait toujours très soucieux. Il passait de plus en plus de temps à Londres et en revenait souvent avec ses mystérieuses relations d'affaires.

Par un triste matin de novembre, alors que la pluie battait les vitres, Liliana s'approcha de la fenêtre et contempla les pelouses gorgées d'eau.

— Père est-il allé à Londres aujourd'hui ?

— Oui, répondit sa mère, tout en continuant à piquer l'aiguille dans sa tapisserie.

— On ne le voit pratiquement plus, fit la jeune fille, boudeuse.

— Ton père a beaucoup de travail.

— Qui sont les messieurs qui viennent au manoir ? Des hommes politiques ? Ou bien des hommes d'affaires ?

— Liliana, je t'ai déjà dit que je ne demandais pas d'explications à ton père. Sa vie professionnelle ne nous regarde pas.

Holmes, le majordome, fit à ce moment-là son entrée au salon, porteur d'un plateau d'argent sur lequel il avait posé une lettre qu'il apporta à Liliana.

Le cœur de cette dernière fit un petit bond dans sa poitrine lorsqu'elle reconnut les timbres colorés et l'écriture à la fois ferme et élégante de James.

— C'est le comte de Sherborne qui t'écrit ? lui demanda sa mère d'un ton volontairement indifférent.

— Oui…

Lady Eleanor se leva.

— Je te laisse lire ton courrier tranquillement. Il faut que je prévoie les menus de la semaine avec le cuisinier. À tout à l'heure.

Avant de quitter le salon, lady Parker déposa un léger baiser sur le sommet de la tête de sa fille.

Restée seule, Liliana s'empressa de déchirer l'enveloppe. Son impatience était telle qu'elle n'avait même pas pris le temps d'aller chercher un coupe-papier.

Ma chère Liliana,

Vous ne pouvez imaginer à quel point vous me manquez. Votre dernière lettre m'a empli de nostalgie. Je peux si bien imaginer notre belle campagne anglaise aux somptueuses couleurs d'automne...

Ma mission se révèle infiniment plus compliquée que je ne le pensais au début. Je crains fort de ne pas pouvoir rentrer pour Noël, comme je l'avais tant espéré.

Liliana laissa tomber la lettre sur ses genoux.

— Oh ! fit-elle seulement, dans un petit cri désespéré.

Elle reprit le feuillet. Mais elle ne parvint pas à lire la suite, car ses larmes lui brouillaient la vue.

Après s'être essuyé les yeux, elle put continuer sa lecture.

Pour le moment, je suis basé à Bombay, où la vie sociale intense m'empêche de me consacrer autant que je le voudrais à mes recherches. En même temps, il s'agit d'une excellente couverture. Qui pourrait jamais imaginer que le fringant officier que l'on voit dans toutes les soirées est un agent secret de Sa Majesté, du Premier ministre et du ministre des Affaires extérieures ?

Lorsque je danse avec une jolie femme, je ferme les yeux et je pense que c'est vous que je tiens dans mes bras.

Hier, j'ai été de nouveau reçu par lady Marlow, une jeune veuve qui donne les plus belles fêtes de Bombay. Elle possède quelques magnifiques pur-sang, et j'ai pu faire de longues promenades aux environs de la ville, dans ce pays d'une sauvage beauté.

Liliana se raidit, envahie par une jalousie féroce, presque viscérale.

Soyez raisonnable, mon amour. Bientôt, je l'espère, nous serons réunis et nous ne nous quitterons plus jamais... N'oubliez pas que je vous aime,
James

Malgré les protestations d'amour du comte, la jeune fille ne pouvait pas s'empêcher de penser à cette lady Marlow. *Une jeune veuve...*

Liliana, qui avait lu beaucoup de romans, en avait conclu que si certaines vivaient dans le souvenir de leur cher défunt, d'autres devenaient de véritables nymphomanes dévoreuses de jeunes gens. Une fois qu'elles avaient jeté leur dévolu sur l'un d'eux, elles cherchaient par tous les moyens à se faire épouser, ayant pour cela recours à tous les subterfuges imaginables.

Elle commençait à s'affoler.

« Si James est tombé entre les griffes de cette femme, il est perdu ! »

Sir William Parker s'était de nouveau rendu à Londres, si bien que Liliana déjeuna seule en compagnie de sa mère.

Tout en se servant de viande froide, cette dernière demanda :

— As-tu reçu de bonnes nouvelles de James ?

— Il devait revenir avant la fin de l'année, mais il craint maintenant de devoir rester plus longtemps que cela aux Indes.

— Quel dommage ! Nous aurions pu l'inviter pour Noël...

La jeune fille baissa la tête.

« C'était à Noël que nous devions annoncer nos fiançailles », pensa-t-elle, le cœur lourd.

— Ne prends pas cet air aussi triste, ma chère enfant. Tu sais bien qu'il reviendra !

— Peut-être.

— Peut-être ! répéta lady Parker, choquée. Pourquoi dis-tu de pareilles sottises ?

En s'efforçant de retenir ses larmes, Liliana déclara :

— Il… il parle d'une certaine lady Marlow, une veuve qui donne de très belles fêtes et avec laquelle il va se promener à cheval.

Lady Eleanor haussa les sourcils.

— Vraiment ? murmura-t-elle, visiblement secouée.

Puis elle se rasséréna.

— Puisqu'il n'hésite pas à mentionner l'existence de cette femme, c'est qu'il n'a rien à cacher. S'il se gardait de dire quoi que ce soit à son sujet, ce serait plus inquiétant.

— S'il ne disait rien, je ne saurais rien, remarqua la jeune fille avec logique.

Sa mère secoua la tête.

— Ah, si seulement vous aviez officialisé votre relation avant son départ, la situation serait plus claire ! Tandis que maintenant, tu ne sais pas très bien où tu en es. En fin de compte, il est libre comme l'air. Et toi aussi.

Non, justement ! Pourquoi, mais pourquoi avait-il insisté pour que leurs fiançailles restent secrètes ?

« Je ne peux pas continuer à vivre ainsi, se dit Liliana. Il faut absolument que je me confie à quelqu'un. »

Pourquoi pas à Élisabeth ? Elle savait pouvoir compter sur l'entière discrétion de son amie.

— J'irai voir Élisabeth cet après-midi, dit-elle à sa mère.

Lady Parker jeta un coup d'œil dehors. La pluie avait enfin cessé et l'on voyait même un pan de ciel bleu à l'horizon.

— À cheval ou en voiture ?

— À cheval, bien sûr.

— Et s'il se remet à pleuvoir ?

La jeune fille eut un geste indifférent de la main.

— Bah ! Je me ferai mouiller. Comme l'aurait dit Nanny, autrefois : « Quelques gouttes d'eau n'ont jamais fait de mal à personne. Vous n'êtes pas en sucre, mademoiselle Liliana. »

Lady Parker ne put s'empêcher de rire, car sa fille avait su imiter l'accent gallois de la vieille servante qui avait pris sa retraite quelques années auparavant.

Élisabeth de Swinton habitait avec ses parents, à environ cinq kilomètres du village, une très jolie maison ancienne entourée d'un grand parc où se promenaient majestueusement quelques paons. Liliana était toujours fascinée en les voyant faire la roue.

Après avoir laissé sa jument Folâtre à l'écurie, la jeune fille traversa d'un pas vif les jardins où s'égouttaient les grands arbres. Mais pas un paon ne se montra.

« Par ce temps, ils ont préféré rester à l'abri », pensa-t-elle.

Dès qu'elle sonna, le majordome vint ouvrir.

— Mademoiselle Liliana ! Eh bien, vous ne craignez pas la pluie.

— Quelques gouttes d'eau ne vont pas m'empêcher de rendre visite à mon amie. Mlle Élisabeth est-elle là ?

Le vieux majordome se mit à rire.

— Vous pensez ! Ce n'est pas elle qui s'amuserait à braver les éléments.

Là-dessus, il ouvrit la porte d'un élégant salon.

— Entrez donc, mademoiselle.

Élisabeth, qui était en train de lire, blottie dans un confortable fauteuil, se leva d'un bond.

— Liliana ! Comme je suis contente de te voir. Tu ne peux pas savoir comme je m'ennuyais…

La visiteuse jeta un coup d'œil au livre qui était tombé sur le tapis.

— Avec un roman d'Emily Brontë ?

— Il est passionnant… mais bien déprimant aussi.

Élisabeth remarqua à ce moment-là le visage tendu de son amie.

— Que t'arrive-t-il ? s'inquiéta-t-elle immédiatement. Tu as des soucis ?

— Oui.

Liliana regarda autour d'elle d'un air angoissé avant de demander, en baissant la voix :

— Puis-je te parler en toute confiance ?

— Cette question !

— Jure-moi de ne répéter à personne ce que je vais te dire, insista Liliana.

— Je te le jure.

Froissée par l'attitude de son amie, Élisabeth s'écria :

— Tu devrais me connaître suffisamment pour savoir que je sais être discrète quand il le faut.

Liliana alla l'embrasser.

— Je le sais. Excuse-moi, mais je suis dans un tel état…

De nouveau, elle regarda autour d'elle.

— Personne ne peut nous entendre ? Vraiment ?

— Personne. Mes parents sont allés à Londres. Quand aux domestiques, ils doivent être en train de prendre le thé à l'office. À propos de thé, veux-tu que j'en commande pour nous ?

— Non, merci.

Toutes deux allèrent s'asseoir près de la fenêtre. Un rayon de soleil perçait entre les nuages et un paon s'aventurait sur la pelouse, sa longue queue balayant l'herbe mouillée.

— Il ne songe pas à faire la roue, remarqua Liliana d'un air absent.

Son amie haussa les sourcils.

— C'est seulement cela qui t'inquiète tant ?

— Ne te moque pas de moi.

De nouveau, elle baissa la voix.

— Figure-toi que j'ai reçu ce matin une lettre de James de Sherborne.

Un grand sourire vint aux lèvres d'Élisabeth.

— Quand reviendra-t-il ?

— Il pensait être de retour avant la fin de l'année, mais son séjour risque d'être prolongé.

Élisabeth, qui avait deviné que son amie portait un tendre sentiment au séduisant comte de Sherborne, lui tapota gentiment le bras.

— Ne t'affole pas sans raison. Tu sais bien qu'il lui est impossible de discuter les ordres de Sa Majesté. Mais je parie que tu le reverras vite. Avant le printemps, peut-être ?

— Je ne sais trop que penser.

Liliana prit une profonde inspiration.

— Dans sa lettre, il parle d'une certaine lady Marlow, une jeune veuve qui, selon lui, donne les plus belles fêtes de Bombay.

— Oh, oh ! Tu es jalouse, devina tout de suite Élisabeth.

— Ils vont aussi se promener ensemble à cheval.

— Sois raisonnable. Tu ne peux pas demander à James de passer tout son temps avec des officiers. Il a besoin de se distraire un peu. Par ailleurs…

Sans achever sa phrase, elle toussota.

— Par ailleurs ? interrogea Liliana.

Un peu gênée, Élisabeth reprit :

— Par ailleurs, comme vous n'avez échangé ni promesses ni serments, comment peux-tu lui reprocher de profiter de sa liberté ?

— Justement, il n'est pas libre.

— Que veux-tu dire ?

— Pas un mot à qui que ce soit, surtout ! Mais la veille de son départ, nous nous sommes fiancés.

— Oh ! Comme je suis heureuse ! Pourquoi ne m'as-tu pas mise au courant plus tôt ?

— Parce que cet engagement doit rester confidentiel. Je lui ai juré de garder le secret. Je n'en ai même pas parlé à mes parents.

Une larme roula sur sa joue veloutée.

— Tout me semblait simple. Il devait rentrer pour Noël, et nous annoncerions alors notre prochain mariage. Maintenant, je ne sais pas, je ne sais plus...

— Écoute, s'il y avait quoi que ce soit entre cette veuve et lui, il se serait bien gardé de t'en parler.

C'était exactement ce qu'avait dit lady Parker.

— À mon avis, tu t'inquiètes à propos de rien, poursuivit Élisabeth.

— Puisses-tu dire vrai !

Son amie fronça les sourcils.

— En revanche, ma chère Liliane, j'ai beaucoup de mal à comprendre pourquoi il a voulu garder vos fiançailles secrètes. Quelle drôle d'idée ! Moi, si j'étais promise à quelqu'un, j'aurais envie de le crier sur tous les toits.

— Il paraît que les responsables des services secrets sont très stricts au sujet du statut de ceux qu'ils envoient au combat. Ceux-ci ne doivent être ni mariés, ni même fiancés.

— Cela ne tient pas debout ! s'exclama Élisabeth. De nombreux officiers sont déjà mariés. Et James de

Sherborne, sous prétexte qu'il a l'intention de t'épouser, ne pourrait pas partir ?

Après quelques instants de réflexion, elle enchaîna :

— Évidemment, s'il s'agit d'une mission particulièrement dangereuse, je veux bien croire que l'on évite de faire appel à des hommes chargés de famille.

Liliana pâlit.

— Tu… tu penses qu'il est en danger ?

— Ce serait l'explication de ce règlement absurde. Mais ne t'affole pas ! Qui suis-je pour me permettre de faire des suppositions, alors qu'en réalité, je n'en sais pas plus que toi ?

Elle fronça les sourcils.

— Et tes parents ne sont pas au courant de vos fiançailles ?

— Non. Tu es la première personne que je mets dans le secret.

Liliana soupira.

— Un secret que j'ai soudain trouvé trop lourd à porter.

— Tu as eu raison de te confier à moi.

— Cela m'a fait du bien.

— Et je te le répète, tu peux compter sur mon silence.

— Vois-tu, je m'inquiète parce que son retour est différé. Et il y a cette femme, aussi…

— Tu es jalouse ?

— Oui, répondit Liliana sans l'ombre d'une hésitation.

— Tu devrais avoir l'intelligence de faire la part des choses. James de Sherborne se trouve au loin. C'est un homme séduisant et, forcément, il attire les jolies femmes. Mais n'oublie pas que c'est *toi* qu'il souhaite épouser. Pourquoi voudrais-tu qu'il s'intéresse sérieusement à une autre ?

Quelque peu rassurée par le raisonnement de son amie, Liliana murmura :

— Les hommes sont si bizarres !

Élisabeth ne put s'empêcher de rire.

— Les femmes aussi.

— Les hommes encore plus. Vois mon père, par exemple…

Une autre larme roula sur la joue de Liliana.

— Il n'est presque jamais à la maison en ce moment. Quand il revient au manoir, c'est souvent accompagné par des gens qu'il ne nous présente jamais. Il s'enferme avec eux et pendant des heures, ils discutent.

— Ton père est un membre influent du Parlement.

— Cela n'a rien à voir !

— Mais si. Il est normal qu'il ait des conversations privées avec des hommes politiques.

— Justement ! Je ne pense pas que ces messieurs soient des hommes politiques.

Avec angoisse, la jeune fille poursuivit :

— Je crains, vois-tu, que mon père ne se soit lancé dans des activités illégales.

Là-dessus, elle se mit à sangloter désespérément.

— Ton père ? s'exclama Élisabeth avec incrédulité. Impossible. Ton problème, c'est que tu as trop d'imagination. Dès que tu vois une taupinière, tu en fais une montagne.

Une heure plus tard, Liliana remonta à cheval, quelque peu rassérénée par les encouragements de son amie.

Lorsqu'elle pénétra dans le hall, elle vit que la porte du grand salon était entrouverte. En entendant le rire cristallin de sa mère, la jeune fille se tourna vers Holmes d'un air interrogateur.

— Milord et milady ont un visiteur, lui dit Holmes.

— Je vais tout de suite aller le saluer.

Dès qu'il l'aperçut, son père se leva.

— Tiens, voici ma fille Liliana, dit-il en souriant.

Le visiteur se mit debout à son tour et, à la grande surprise de la jeune fille, claqua les talons d'une manière militaire. C'était un homme d'une trentaine d'années, pas très grand, avec des yeux pâles et une moustache noire aux pointes effilées.

— Charmante, soupira-t-il en s'inclinant bien bas – trop bas.

— Liliana, voici le prince Nicolaï Vaslaski.

« Mon Dieu ! Un Russe… pensa la jeune fille en lui faisant la révérence. Que dirait James s'il apprenait que nous recevons l'un de ceux qu'il faut bien considérer comme des ennemis ? »

En souriant, sir William déclara :

— Je disais justement au prince Nicolaï que l'un de nos amis se trouvait aux Indes.

« Les Indes ! Un sujet qu'il faut absolument éviter avec les Russes, se dit encore Liliana. Où donc mon père a-t-il la tête ? »

— Oui, le comte James de Sherborne, le flirt de ma fille, se trouve actuellement à Bombay, renchérit lady Eleanor.

Le flirt ! Liliana crispa les poings.

James n'est pas mon flirt, mais mon fiancé.

Hélas, elle n'avait pas le droit de clamer la vérité.

— Oh ! Mlle Liliana aurait un flirt aux Indes ? Par exemple ! Mais je suis déjà très jaloux, déclara le prince Nicolaï en riant.

— Connaissez-vous Bombay ? lui demanda la jeune fille.

— Pas encore. Mais je suis déjà allé à Delhi et à Kabul.

Étonnée qu'il fasse de pareilles erreurs, elle lui adressa un regard surpris avant de rectifier :

— Kabul est en Afghanistan, lui dit-elle d'un ton sec.

Il ne parut pas le moins du monde gêné.

— Vous avez raison. La situation est assez tendue là-bas. Nos troupes continuent à avancer…

— Vous voulez nous prendre les Indes ! s'écria Liliana avec indignation.

Choqués par sa réaction, ses parents eurent le même haut-le-corps, tandis que le prince Nicolaï Vaslaski se contentait de s'esclaffer.

Sans réfléchir, la jeune fille poursuivit :

— Les Indes font partie de l'Empire britannique !

— Jusqu'à présent, mademoiselle, fit le prince avec une indulgence amusée. Jusqu'à présent…

— Mais…

— Les choses peuvent changer, et très vite.

Le premier instant de stupeur passé, sir William adressa à sa fille un coup d'œil sévère.

— Liliana, je te prierai de garder tes opinions pour toi. Le prince Nicolaï est mon hôte, et je ne permettrai pas qu'il soit insulté sous mon toit.

La jeune fille baissa la tête.

— Excusez-moi, marmonna-t-elle.

— Ne réprimandez pas cette charmante demoiselle, je vous en prie, dit le Russe. Elle a tout à fait le droit d'exprimer ses opinions. J'admire les femmes qui ont quelque chose à dire. Je préfère cela à la conversation insipide des débutantes.

Toujours diplomate, lady Parker déclara :

— De toute manière, la bonne éducation préconise d'éviter de parler de politique comme de religion.

Elle se tourna vers sa fille.

— Liliana, le dîner sera avancé car notre invité ne veut pas rentrer trop tard à Londres. Tu ne peux pas rester en amazone. Va te préparer pour la soirée.

« On m'envoie dans ma chambre comme une gamine mal élevée », pensa la jeune fille, vexée.

Sans un mot, elle fit la révérence et sortit.

Le repas fut servi de bonne heure, comme l'avait précisé lady Parker.

Tandis que son père et son invité s'entretenaient au sujet de la politique, Liliana n'ouvrit pratiquement pas la bouche. Personne ne parut remarquer son silence. En revanche, chaque fois qu'elle levait la tête, elle surprenait le regard du prince posé sur elle, ce qui la mettait étrangement mal à l'aise.

« Pourquoi mon père invite-t-il un Russe ? ne cessait-elle de se demander. Étant donné les tensions entre nos deux pays, c'est bizarre… J'imagine mal les parents d'Élisabeth recevant l'ennemi à leur table. »

Le lendemain matin, sir William était déjà parti quand Liliana descendit prendre son petit déjeuner.

— Père ne devrait pas inviter de Russes, dit-elle à sa mère. Ce n'est pas bien.

— Ce qui n'est pas bien, c'est que tu te permettes de juger l'auteur de tes jours, ma chère enfant, rétorqua lady Eleanor du tac au tac. Tu devrais prendre exemple sur moi. Je n'ai jamais dit un mot à ton père au sujet de ses relations politiques, et pas davantage au sujet de ses relations d'affaires. Il sait ce qu'il fait.

— Je l'espère.

Lady Parker fronça les sourcils.

— Tu vas trop loin. Je t'ai mal élevée. Comme je regrette, maintenant, de t'avoir toujours permis de dire ce que tu pensais ! La franchise a du bon, mais quand elle touche à l'insolence…

Liliana alla embrasser sa mère.

— Je vais tâcher de faire attention à mes paroles. Mère, je vous promets, dorénavant, de tourner sept fois ma langue dans ma bouche avant de prononcer un mot.

Lady Eleanor ne put s'empêcher de rire.

— On ne t'entendra pas souvent.

— Cela vaudra peut-être mieux. Surtout si des garnisons entières de Russes viennent s'installer à la maison.

— Oh, Liliana ! Tu en dis, des sottises !

Lady Eleanor contempla sa fille avec un mélange de fierté… et de consternation.

— Raconte-moi plutôt ce que tu as l'intention de faire de beau aujourd'hui.

— Eh bien, je vais monter à cheval ce matin, comme d'habitude. Et cet après-midi, je demanderai que l'on attelle une voiture pour me conduire en ville. J'irai acheter mes cadeaux de Noël. Mieux vaut s'occuper de cela maintenant, avant que les foules n'envahissent les magasins. Viendrez-vous avec moi, mère ?

Lady Parker secoua négativement la tête.

— Non. Mes cadeaux sont tous prêts.

— Déjà ?

— Tu sais bien que je les choisis tous au cours de l'année, selon mes coups de cœur. J'ai une armoire pleine de jolies choses…

— Vous êtes très organisée, mère. J'aurais cependant aimé faire les boutiques avec vous.

— Cela me fatiguera. Je préfère rester tranquillement ici. Emmène plutôt Antoinette, la femme de chambre française. Elle adore se promener en ville.

Liliana fit la grimace.

— Elle me fera perdre du temps en s'extasiant devant chaque vitrine. Honnêtement, je préfère être seule… si du moins vous n'y voyez pas d'inconvénient.

— Je devrais insister pour que tu sortes avec un chaperon.

En soupirant, lady Parker poursuivit :

— Mais j'ai toujours trouvé ces conventions parfaitement stupides. Tu sais, ma chère enfant, que j'ai entièrement confiance en toi.

— Je l'espère ! Brighton me conduira en ville. Je ferai mes achats. Je m'arrêterai peut-être au salon de thé du Royal Hôtel pour me rafraîchir. Puis je reviendrai… et voilà !

Après avoir confié à Brighton tous ses paquets, Liliana lui demanda de la conduire au Royal Hôtel. À cette heure-ci, on y servait du thé avec de délicieux gâteaux et elle s'en régalait à l'avance.

Malheureusement, elle n'était pas la seule à avoir eu cette idée, et plusieurs personnes attendaient dans le hall que des tables se libèrent. Ce qui risquait de prendre un certain temps !

À ce moment-là, le marquis et la marquise d'Aldenham firent leur entrée. Ils eurent un mouvement de recul en voyant la queue qui s'allongeait devant la porte. Aussitôt, un serveur se précipita.

— Votre table a été réservée, milord, dit-il avec obséquiosité.

Il s'inclina très bas devant la vieille dame avant d'ajouter :

— Milady…

La marquise aperçut à ce moment-là Liliana, qui s'apprêtait à faire demi-tour.

— Mademoiselle Parker ! Vous n'allez pas attendre ici une éternité. Venez donc avec nous.

La jeune fille n'hésita pas.

— Volontiers. Je vous remercie infiniment, madame. Je rêvais d'une bonne tasse de thé après avoir couru les magasins. Mais apparemment, tout le monde a eu la même idée, si bien que je m'apprêtais à rentrer à la maison.

Quelques instants plus tard, Liliana se retrouva assise à l'une des meilleures tables de cet élégant salon de thé, en compagnie de ce couple de personnes âgées que sa mère appréciait beaucoup.

La marquise reposa soudain sa tasse de thé.

— Oh, non ! fit-elle d'une voix presque inaudible.

Puis elle s'efforça de sourire à celui qui s'avançait vers leur table en claudiquant, tout en s'appuyant sur une canne au pommeau d'argent terni.

— Lord Farringdon, quelle bonne surprise, fit le marquis avec courtoisie.

L'homme qui s'inclina devant la marquise parut immédiatement antipathique à la jeune fille. Même si elle avait appris à ne pas juger les gens sur leur apparence, celle de ce lord Farringdon la révulsait.

« On dirait un tonneau sur pattes », pensa-t-elle.

Lord Farringdon n'était pas seulement petit et gros. Il était également très laid, avec un nez épaté, des yeux globuleux, très pâles, et des cheveux poivre et sel, trop longs, dont les mèches graisseuses tombaient sur le col couvert de pellicules de sa redingote.

Visiblement vexé que l'on se permette de faire attendre quelqu'un comme lui, il déclara :

— Un serveur vient de me dire qu'il ne me fallait pas espérer voir une table se libérer avant au moins une demi-heure.

— Venez donc avec nous, dit le marquis en indiquant la chaise qui était restée libre à côté de Liliana.

Le nouveau venu, qui n'avait pas quitté des yeux la jeune fille depuis son arrivée, s'inclina.

— Je ne veux pas m'imposer.

Mais après avoir dit cela, sans attendre la réponse, il s'empressa de s'installer près de Liliana.

— Comment se fait-il que je n'aie jamais eu l'occasion de rencontrer une aussi charmante personne ?

Le marquis fit rapidement les présentations et, sans se lever, lord Farringdon s'inclina de nouveau.

— Seriez-vous la fille de sir William Parker, cet éminent membre du Parlement ?

— En effet, je suis sa fille.

— Et vous habitez ce ravissant petit manoir que j'ai si souvent admiré de loin, à l'époque où je pouvais encore suivre à cheval les chasses à courre ?

Il jura.

— Je continuerais si ce stupide anglo-arabe ne m'avait pas fait tomber. Un accident idiot ! Un oiseau est passé sous son nez, il a fait un écart et je me suis retrouvé par terre, le tibia et le péroné en morceaux.

Reprenant sa canne, il en martela le tapis.

— Maintenant, me voilà presque invalide.

— Cet accident est relativement récent, dit la marquise d'un ton apaisant. Je suis sûre que bientôt, vous pourrez marcher comme avant. Et même monter à cheval.

— Stupide bête ! Elle a été punie. Dès que j'ai pu me lever, je l'ai fait amener. Quelques coups de cravache. Et… pan ! Un coup de pistolet dans la tête.

— Quelle horreur ! s'écria Liliana, qui n'avait jamais pu comprendre que l'on puisse maltraiter les animaux.

Oubliant de tourner sa langue sept fois dans sa bouche, comme elle l'avait promis à sa mère, elle poursuivit :

— Ce malheureux cheval a pris peur, soit ! Mais ce n'était pas sa faute. Il faut toujours s'attendre à des réactions imprévisibles de la part de sa monture. Si vous n'avez pas réussi à tenir en selle, vous êtes le seul à blâmer.

Le marquis et la marquise échangèrent un coup d'œil stupéfait, tandis que lord Farringdon fixait Liliana avec stupeur. Personne n'avait jamais dû lui parler sur ce ton – surtout une jeune fille.

Le silence s'éternisait. Puis le marquis toussota.

— Quand j'étais plus jeune, je suivais toutes les chasses. C'est ainsi que j'ai fait la connaissance de lord George Farringdon.

D'un ton faussement enjoué, la marquise d'Aldenham déclara :

— Je n'ai pas l'impression, messieurs, que Mlle Parker apprécie la chasse à courre.

« Et j'apprécie encore moins lord Farringdon », ajouta intérieurement la jeune fille.

Celui-ci laissa échapper un rire strident.

— Ces demoiselles ont le cœur trop tendre. Mais n'est-ce pas pour cela que nous les aimons ?

La marquise, cherchant à changer de sujet de conversation, jeta un coup d'œil autour d'elle.

— Toutes les tables sont occupées, mais je ne vois personne que je connais. J'aurais pensé retrouver quelques-unes de mes amies ici et apprendre les derniers potins.

Elle se tourna vers Liliana.

— Vous êtes trop jeune pour vous intéresser aux commérages, dit-elle avec indulgence. À votre âge, on pense surtout à rencontrer le prince charmant.

Le rire strident de lord Farringdon s'éleva de nouveau.

— Le prince charmant ! Ha, ha !

« Il est absolument odieux », pensa la jeune fille.

Elle adressa un sourire à la marquise.

— Avant les fêtes, chacun est débordé. Vos amies doivent courir les magasins pour y acheter leurs derniers cadeaux.

Elle posa sa tasse et se leva.

— Il faut que je rentre avant la nuit.

— Oh, vous avez le temps, assura la marquise.

— Ma mère m'a demandé de ne pas revenir trop tard, prétendit Liliana. Et mon cocher doit commencer à s'impatienter.

Lord Farringdon haussa les épaules.

— Qu'il s'impatiente ! jeta-t-il avec dédain. C'est vous qui commandez, non ?

Sans paraître l'avoir entendu, elle se tourna vers la marquise.

— Merci infiniment de m'avoir invitée à partager votre table.

— Vous partez ? s'écria lord Farringdon. Déjà ?

— Mais oui.

— Me permettez-vous d'aller vous rendre visite au manoir des Étangs ? Nous sommes presque voisins.

La jeune fille hésita. Elle n'avait absolument aucune envie de revoir cet homme.

— Mon père est tout le temps à Londres.

Il en fallait davantage pour décourager George Farringdon.

— Je serais enchanté de faire la connaissance de lady Parker…

Il adressa à la jeune fille un sourire mielleux qui l'écœura avant d'ajouter :

— … et de vous revoir, bien entendu.

D'autorité, il la prit par le coude.

— À très bientôt, chère mademoiselle.

L'espace d'un instant, elle crut qu'il allait insister pour la conduire jusqu'à sa voiture. Puis elle craignit qu'il ne lui baise la main. Et, à la pensée que les lèvres molles de cet homme pouvaient se poser sur sa peau, elle se sentit envahie de répulsion.

Grâce au ciel, il n'alla pas si loin ! Il se contenta de lui presser le bras, en la fixant d'un regard appuyé, tout en répétant :

— À très bientôt.

3

Au cours des jours qui suivirent, Liliana n'eut qu'une hantise : voir lord Farringdon se présenter à la porte du manoir. Mais le temps passait, et comme il ne donnait pas signe de vie, elle commença à se rassurer.

Ce jour-là, après être allée monter à cheval, elle faisait le tour du parc d'un bon pas quand le majordome courut vers elle avec un plateau d'argent sur lequel il avait posé une carte de visite.

Avant même d'y jeter un coup d'œil, la jeune fille sut qu'il s'agissait de celle de lord George Farringdon. Elle y jeta un coup d'œil et s'aperçut – hélas ! – qu'elle ne s'était pas trompée.

— Dites à ce monsieur que je ne suis pas là, Holmes, s'il vous plaît.

— Très bien, mademoiselle Liliana, répondit le majordome en hochant la tête d'un air entendu.

De toute évidence, ce visiteur ne lui avait pas semblé des plus sympathiques.

La jeune fille resta dans le parc suffisamment longtemps pour voir la voiture de lord Farringdon descendre l'allée. Le danger était passé ! Elle pouvait regagner le manoir.

— Milord a été très déçu quand je lui ai appris que vous étiez absente, lui dit le majordome d'un air imperturbable.

— Je ne serai jamais là pour ce monsieur, Holmes.

— C'est noté, mademoiselle Liliana.

La jeune fille s'apprêtait à gravir l'escalier quand son père entra dans le hall, suivi par Spot, Nick et Bang, les trois dalmatiens.

— Vous voilà déjà de retour de Londres, père ?

— Depuis plus d'une heure, déjà. Et comme le soleil brillait, j'en ai profité pour emmener les chiens se promener en attendant l'arrivée de mes relations.

Liliana pinça les lèvres.

— Le prince Nicolaï Vaslaski ?

— Entre autres, répondit son père d'un ton qui décourageait toute autre question. Dis-moi, ce n'est pas la voiture de lord Farringdon que j'ai aperçue de loin ?

En soupirant, Liliana caressa la tête de Spot.

— Oui, c'était bien lui. J'ai fait sa connaissance l'autre jour, au Royal Hôtel. Je prenais le thé avec le marquis et la marquise d'Aldenham quand il est arrivé.

— Pauvre homme !

— Pauvre homme ? répéta la jeune fille avec étonnement. Pourquoi ?

— Lui qui était déjà très disgracié par la nature… On ne peut pas dire que cette mauvaise chute de cheval l'ait arrangé. À plus de quarante ans, il est toujours célibataire, alors qu'il souhaite se marier. Cela ne devrait pas lui poser de problème, car il est très riche et possède un titre. Malheureusement, au lieu de choisir une femme… un peu ingrate, il ne s'intéresse qu'aux jolies filles. Et celles-ci, de nos jours, ont plutôt tendance à chercher un mari séduisant.

— N'est-ce pas normal ?

— Les qualités de cœur comptent aussi.

— Lord Farringdon en possède-t-il ? demanda Liliana d'un air de doute.

— Certainement. Il ne faut pas juger les gens sans les connaître.

— Je le connais.

— Peuh ! Parce que tu as pris un jour le thé avec lui ?

— Cela m'a suffi. Dès le premier instant, je l'ai trouvé très antipathique.

Liliana n'osa pas avouer qu'elle craignait que George Farringdon n'ait jeté son dévolu sur elle. Son père hausserait sûrement les épaules en lui disant qu'elle se faisait des idées.

— Il est donc à la campagne en ce moment ? interrogea sir William.

— Apparemment. Son domaine n'est pas très loin du nôtre, si j'ai bien compris.

— En effet. Mais on ne le voit pas souvent par ici. Il préfère vivre à Londres, où les distractions ne manquent pas. Il possède un très bel hôtel particulier à Park Street.

Changeant brusquement de sujet, sir William demanda :

— As-tu des nouvelles de James ?

— Il m'écrit régulièrement. Il espérait pouvoir rentrer pour les fêtes, mais ce ne sera malheureusement pas possible.

— Quel dommage qu'il ait dû partir.

— Quel dommage, oui !

Sir William soupira.

— Les choses semblaient pourtant bien parties. Je m'attendais à ce que, un jour ou l'autre, il me prie de lui accorder un entretien, à la suite duquel nous aurions eu une grande nouvelle à annoncer dans les journaux.

Liliana devint cramoisie.

« Comme j'aimerais pouvoir lui dire que James et moi sommes fiancés ! »

Hélas, elle avait donné sa parole.

Quelques jours plus tard, la jeune fille reçut une nouvelle lettre du comte de Sherbone. Cette fois, il ne mentionnait pas une seule fois lady Marlow, mais Liliana, qui ne manquait pas d'intuition, eut la déplaisante impression que celle-ci était présente sous chaque ligne.

En relisant cette lettre, la jeune fille se sentit soudain bien seule.

Comme à l'ordinaire, sir William s'était enfermé dans son bureau avec plusieurs de ses relations d'affaires. Quant à sa mère, elle aidait la femme du pasteur à organiser les festivités de Noël pour les enfants et les plus démunis.

« Pourquoi n'irais-je pas rendre une petite visite à Élisabeth ? » se demanda Liliana.

Une demi-heure plus tard, elle galopait en direction de la propriété des Swinton.

Son amie, qui l'avait vue arriver, l'attendait sur le perron.

— Les grands esprits se rencontrent ! s'exclama-t-elle. J'avais justement l'intention de te rendre visite.

Elle fit mine de frissonner.

— Mais en voiture, sûrement pas à cheval. Il fait un froid...

— Un bon froid revigorant.

— Brrr ! Entre vite te réchauffer.

Avec entrain, Élisabeth poursuivit :

— Figure-toi que j'ai reçu ce matin une invitation au grand bal que donne samedi prochain le duc de Harndean, avant de partir fêter Noël en Écosse. Aimerais-tu venir avec moi ? Ma tante Vicky serait ravie de nous recevoir.

Liliana n'hésita pas une seconde.

— Un grand bal ? Oh, quelle bonne idée ! Justement, je m'ennuyais. Mon père est pris par ses affaires, ma mère par ses bonnes œuvres...

— Si nous pouvions assister ensemble à cette soirée, je suis sûre que nous nous amuserions beaucoup. Tous les plus séduisants messieurs seront là…

— J'espère que tu rencontreras ton prince charmant. Moi, j'ai déjà trouvé le mien.

— Tu as de la chance.

L'image de lord Farringdon s'imposa soudain à Liliana. Leur voisin ne s'était pas manifesté depuis qu'il était venu sonner à la porte des Parker. Elle aurait dû se tranquilliser. Ce n'était pas le cas. Elle devinait que cet homme était de ceux qui ne déclaraient jamais forfait, et elle redoutait toujours de le voir arriver au manoir des Étangs.

— Où habite ta tante ? demanda-t-elle. Loin de Park Street, j'espère ?

— Non. À deux pas. Pourquoi ?

— Une personne que je préfère éviter possède une maison à Park Street.

— Un homme ?

— Oui, un certain lord Farringdon.

Élisabeth fronça les sourcils.

— Lord Farringdon, dis-tu ? C'est curieux, ce nom me dit quelque chose. Ne posséderait-il pas un domaine dans les environs ?

— C'est exact. Mais il préfère vivre à Londres. Dans son hôtel particulier de Park Street, justement.

— Tu as fait sa connaissance et tu ne l'aimes pas ? devina Élisabeth.

— Je ne l'ai vu qu'une fois, cela m'a suffi. Je n'ai pas pu supporter la manière dont il m'a détaillée des pieds à la tête, un peu comme s'il me déshabillait du regard.

Son amie hocha la tête d'un air entendu.

— Je connais cela. Est-il séduisant, au moins ?

— Pas du tout. C'est bien simple, son aspect physique me répugne. D'après mon père, il aurait plus de quarante ans.

— Certains hommes de quarante ans sont très séduisants. Ah, le charme des tempes grises...

— Lui n'a aucun charme, trancha Liliana. De plus, il est cruel. Figure-toi qu'en tombant de cheval, il s'est cassé la jambe...

— Ce sont des choses qui arrivent, malheureusement.

— Peuh ! S'il ne sait pas tenir en selle, il ne peut s'en prendre qu'à lui-même. Mais tu ne connais pas la suite. Figure-toi qu'il était tellement furieux qu'il n'a pas hésité à envoyer une balle dans la tête de ce malheureux cheval !

— Quelle horreur ! s'exclama Élisabeth, saisie. Et ce lord Farringdon s'intéresserait à toi ?

— Hélas ! Il est venu se présenter au manoir l'autre jour. Holmes lui a dit que je n'étais pas là. Je crains cependant qu'il ne revienne à la charge.

— Il n'y a rien de plus désagréable que de se trouver en butte aux assiduités d'un homme qui vous déplaît.

— À qui le dis-tu ! soupira Liliana.

— Un petit séjour à Londres te ferait oublier tous tes problèmes. Qu'en dis-tu ? Nous visiterons les musées, nous ferons les boutiques, nous irons danser chez le duc de Harndean...

Danser avec d'autres que celui qu'elle aimait ? En temps ordinaire, Liliana aurait trouvé cela choquant. Mais cette fois, un vent de révolte grondait.

« James, lui, ne semble pas s'ennuyer à Bombay, pensa-t-elle. J'aimerais bien savoir combien de fois il a valsé avec cette lady Marlow ! »

Avec l'aide d'Antoinette, la femme de chambre de sa mère, Liliana prépara ses bagages pour son court séjour à Londres.

Lady Eleanor, ravie de constater que sa fille acceptait enfin de se distraire un peu, poussa de hauts cris en voyant la lourde malle que deux valets descendaient dans le hall.

— Tu reviendras au plus tard mardi. Il te faut donc tous ces vêtements ? D'autant plus que tu vas sûrement te ruiner en achats dans les magasins de Bond Street.

— C'est bien mon intention, répondit Liliana en riant. J'achèterai alors une autre malle.

Lady Parker s'approcha de la fenêtre du hall.

— Voilà déjà ton amie.

Liliana rejoignit sa mère et vit une grosse berline de voyage monter l'allée.

— Père est déjà parti ?

— Oui. Tu sais combien il est pris par ses obligations, qu'elles soient politiques ou d'affaires. Mais tu auras sûrement l'occasion de le voir à Londres au cours de ton séjour.

— Cela m'étonnerait, fit la jeune fille avec amertume. J'ai l'impression que le prince Vaslaski compte beaucoup plus pour lui que moi.

Lady Eleanor soupira.

— Ah, si seulement il pouvait cesser de voir ce monsieur ! dit-elle très bas.

Mais Liliana, qui avait l'oreille fine, avait entendu. Et elle n'était pas fâchée que sa mère ait la même opinion qu'elle au sujet du Russe.

La berline s'arrêta devant le perron. Élisabeth sauta à terre et gravit les marches quatre à quatre. Holmes eut à peine le temps d'ouvrir la porte que, déjà, elle courait embrasser Liliana.

— Je suis si contente ! Nous allons nous amuser comme des petites folles.

Lady Parker adressa un coup d'œil indulgent aux deux amies.

— Tâchez quand même d'être raisonnables.

Élisabeth, qui n'avait pas remarqué la présence de la mère de Liliana, parut très confuse.

— Bien sûr, madame, dit-elle en lui faisant la révérence. Nous serons sages.

— Comme des images, ajouta Liliana dans un éclat de rire.

Cinq minutes plus tard, les deux jeunes filles s'installaient dans la confortable berline. Jane, la femme de chambre d'Élisabeth, assise en face d'elles, sommeillait déjà à moitié. Cette quadragénaire aussi large que haute, qui avait des doigts de fée, avait promis de s'occuper de la coiffure de Liliana, le soir du bal.

Jane ne tarda pas à s'endormir tout à fait. Ce qui permit aux deux amies de s'entretenir librement.

— Il y a une éternité que je ne suis pas allée à Londres ! s'exclama Élisabeth. Et je suis si contente que tu aies accepté de venir avec moi ! Toute seule, je me serais probablement ennuyée.

— Cela m'étonnerait. Avec tous ces séduisants messieurs qui vont te faire la cour ?

Élisabeth fit la grimace.

— Aucun de ces séduisants messieurs n'a, jusqu'à présent, réussi à faire battre mon cœur. Tu as beaucoup de chance d'avoir rencontré l'homme de ta vie.

— Il semble n'avoir d'yeux, en ce moment, que pour une certaine lady Marlow. Quand je pense qu'il va peut-être passer Noël avec elle…

— Tu as trop d'imagination. Et je trouve que tu ne lui fais guère confiance…

Taquine, Élisabeth poursuivit :

— Crois-tu qu'il puisse supposer que *toi*, tu es en route pour Londres ? Pour aller danser toute la nuit au grand bal que donnent le duc et la duchesse de Harndean ?

— Ce n'est pas pareil, grommela Liliana, soudain embarrassée.

— Justement si, c'est exactement pareil. Vous n'êtes tout de même pas obligés de vous morfondre dans votre chambre chacun de votre côté. On peut accepter d'assister à une fête sans être infidèle à celui ou à celle que l'on aime.

Un tel argument réduisit Liliana au silence. Son amie avait-elle tort ? Avait-elle raison ? Quoi qu'il en soit, elle se sentit soudain un peu tranquillisée.

Il pleuvait des cordes quand elles arrivèrent enfin chez la tante d'Élisabeth. Lady Vicky, une dame d'un certain âge, toujours pleine de vitalité, les accueillit avec chaleur.

— Ma chère Liliana, vous avez encore embelli depuis la dernière fois que je vous ai vue. Vous allez faire des ravages au bal des Harndean.

Liliana, qui avait oublié combien la tante de son amie pouvait être directe, ne réussit pas à trouver de réponse spirituelle sur l'instant.

— J'ai demandé que l'on vous prépare des chambres côte à côte. Élisabeth, tu seras dans la suite chinoise et Liliana dans la suite hindoue.

— Voilà qui est parfaitement approprié, chuchota Élisabeth.

— Que dis-tu, ma chère nièce ?

— Que Liliana se sentira chez elle dans la suite hindoue. Elle a… euh, un flirt aux Indes.

— Tiens, tiens… Un officier ?

Très mal à l'aise, Liliana se sentit obligée de répondre :

— Un officier en mission spéciale.

— Et vous avez hâte de le voir revenir, je devine cela.

— Oh, oui ! s'exclama Liliana avec ferveur.

Lady Vicky éclata de rire.

— Ah ! Ces jeunes demoiselles amoureuses… fit-elle avec une indulgence amusée.

Le lendemain matin, lorsque Liliana se réveilla dans un confortable lit de plumes, elle regarda autour d'elle avec égarement. Elle ne reconnaissait pas cette chambre décorée de soie rouge, d'exotiques lanternes en cuivre et d'objets en ivoire ou en bois de santal.

Tout d'abord, elle se demanda si elle ne rêvait pas. Aurait-elle été transportée par miracle aux Indes, près de James ?

La mémoire lui revint bien vite.

Elle se trouvait tout simplement à Londres, chez l'extravagante tante de son amie Élisabeth.

On frappa à sa porte.

— Oui, entrez.

Elle s'attendait à voir une femme de chambre lui apporter la traditionnelle tasse de thé matinale. Mais ce fut Élisabeth qui apparut, en peignoir de soie.

— Tu es réveillée ?

Elle courut s'asseoir au bout du lit de son amie.

— Quel va être notre emploi du temps aujourd'hui ? demanda-t-elle avec excitation. Les magasins ou les musées ?

— Les deux.

— Ah, non ! Nous n'en aurons pas le temps. Si nous voulons être en forme ce soir, nous aurons intérêt à nous reposer. Moi, je veux danser jusqu'à l'aube.

— Moi, je ne danserai pas.

— Tu es folle ? Aller au plus beau bal de la saison et faire tapisserie ? Tu crois que James, lorsqu'il est invité dans les élégantes soirées de Bombay, reste dans son coin ?

Piquée au vif, Liliana ne sut que répondre sur l'instant.

— Je… je n'en sais rien, balbutia-t-elle enfin.

— N'aie aucun scrupule. Si un beau jeune homme te propose de valser, surtout, n'hésite pas !

Lorsqu'elle avait fait son entrée dans le monde, Liliana avait été invitée à de nombreux bals. Mais elle dut admettre que les salons du duc et de la duchesse de Harndean comptaient parmi les plus beaux. Bouche bée, elle admirait les meubles anciens, les tableaux de maître, les collections de porcelaine ou d'argenterie ainsi que les bouquets artistiquement arrangés.

Des valets en perruque poudrée circulaient entre les invités, proposant des plateaux chargés de coupes de champagne ou de délicieux canapés.

Dès que les premières mesures d'une valse retentirent dans une immense salle de bal qui n'avait rien à envier à la galerie des glaces, à Versailles, le duc de Harndean ouvrit le bal avec sa fille aînée, une jolie blonde qui allait certainement se retrouver bien vite entourée de soupirants… et de coureurs de dot.

Élisabeth tournoyait avec son cousin John, un garçon boutonneux beaucoup plus jeune qu'elle. Elle l'appréciait beaucoup car il la faisait toujours rire. Et, justement, elle était en train de s'esclaffer…

Personne n'avait invité Liliana pour cette première danse.

Si un beau jeune homme te propose de valser, surtout, n'hésite pas, lui avait dit son amie.

Et, justement, quelqu'un s'inclinait devant elle.

— Comme je suis heureux de vous revoir, mademoiselle !

Elle eut envie de disparaître dans un trou de souris en reconnaissant lord Farringdon.

Mais, malheureusement, il n'y avait pas de trou de souris dans la somptueuse demeure des Harndean.

D'autorité, lord Farringdon la prit par la taille.

— Dansons.

Ce n'était même pas une invitation. C'était un ordre. Sidérée, la jeune fille n'eut pas la présence d'esprit de prétendre avoir mal à la tête ou aux pieds… Déjà, en claudiquant, il l'entraînait sur le parquet ciré, aussi brillant qu'un miroir.

« Juste quelques minutes pénibles à passer », se dit-elle avec résignation.

Curieusement, il dansait bien. Mais elle ne pouvait pas supporter d'être dans ses bras. Cela la révulsait. Et quand elle sentit son haleine fétide lui balayer le visage, elle eut un frisson d'horreur.

— Nous allons bien ensemble, n'est-ce pas ? fit-il avec un sourire vaniteux qui découvrit des dents jaunies par la nicotine.

Sidérée par sa suffisance, elle ne trouva rien à répondre.

— Depuis notre rencontre au Royal Hôtel, jour et nuit, je n'ai pas cessé de penser à vous, reprit-il. Je suis allé à deux ou trois reprises au manoir des Étangs. Malheureusement, vous n'étiez jamais là.

— J'ai été très occupée, dit Liliana en détournant la tête.

— Je me suis dit que vous aviez peut-être un autre soupirant.

Cette fois, la jeune fille n'hésita pas.

— Oui. Il est aux Indes.

Il resserra encore son étreinte.

— Si vous étiez mienne, je ne vous quitterais jamais de vue.

Entre ses dents serrées, il répéta :

— Jamais.

Au grand soulagement de Liliana, les musiciens se turent à ce moment-là. George Farringdon fut bien obligé de la lâcher. Alors elle lui adressa un sourire lointain et s'empressa de s'éclipser.

L'orchestre attaquait une valse quand, en se faufilant entre les groupes, elle traversa quelques salons avant de se retrouver dans un vaste jardin d'hiver. Elle alla ouvrir l'une des portes-fenêtres qui donnaient sur le jardin et respira à pleins poumons l'air frais de la nuit, en admirant les myriades d'étoiles qui scintillaient dans le ciel de velours noir.

« James regarde-t-il les mêmes étoiles, en ce moment ? » se demanda-t-elle.

Une silhouette se profila soudain derrière elle.

— Vous allez prendre froid.

Décidément, elle n'avait pas de chance ! Lord Farringdon l'avait suivie jusqu'ici ! Cette soirée dont elle se faisait une joie se transformait peu à peu en cauchemar.

— Je… j'avais un peu de migraine, murmura-t-elle, en se demandant comment échapper à cet homme.

Soudain, il lui prit les mains et les embrassa passionnément avant de se mettre à genoux sur les dalles de la terrasse.

— Épousez-moi ! Je suis tombé follement amoureux de vous dès le premier instant que je vous ai vue.

Il lui serrait les mains de toutes ses forces, et quand la jeune fille voulut se dégager, elle n'y parvint pas.

— Monsieur…

— Épousez-moi, répéta-t-il, presque avec désespoir. Je sais que je ne suis pas beau…

Il paraissait au bord des larmes et en cet instant, Liliana eut presque pitié de lui.

— ... mais je suis très riche, reprit-il. Je vous offrirai tout ce que vous voudrez. Vous aurez une vie de reine. Dites-moi que vous deviendrez ma femme, je vous en supplie !

— Je... je suis désolée, mais je ne peux pas. Je suis promise à un autre.

— Ah ! Celui qui est aux Indes ? lança lord Farringdon avec un ricanement déplaisant.

— C'est cela.

Il haussa les épaules.

— Vous ne portez pas de bague, par conséquent, il n'y a pas eu de fiançailles officielles.

Quand son ricanement retentit de nouveau, la jeune fille eut l'impression d'entendre un oiseau de mauvais augure.

— En fait, vous êtes libre, conclut-il.

— Pas du tout. Nous avons échangé des serments. Nous...

— Vous refusez de m'accorder votre main ?

— Vous me faites un grand honneur, mais je suis obligée de refuser, en effet.

Enfin, il la lâcha et se redressa péniblement, tout en époussetant la poussière sur ses genoux. Lorsqu'il reprit la parole, ce fut d'un ton bien différent. Sa voix était devenue sèche, coupante – méconnaissable, en un mot.

— Très bien. Soyez cependant prévenue, je ne recule devant rien pour obtenir ce que je désire. Pour cela, tous les moyens me sont bons. Je vous veux ? Je vous aurai.

Ces derniers mots résonnaient encore aux oreilles de Liliana, tandis que, sans jeter un seul coup d'œil en arrière, il regagnait les salons en boitant.

La jeune fille se résigna à son tour à retrouver la foule joyeuse des invités, tandis que l'orchestre continuait à jouer des airs entraînants. Glacée, presque hébétée, elle n'avait plus le cœur à la fête...

— Que vous arrive-t-il, Liliana ? s'écria lady Vicky, qu'elle n'avait pas vue arriver en sens inverse. Vous êtes toute pâle.

— Je... je viens d'avoir une conversation déplaisante avec une personne que j'ai toujours cherché à éviter. Où est Élisabeth ?

— Pour elle, la soirée semble réussie. Elle a été invitée à danser par le jeune vicomte de Drawleigh et depuis, je les vois toujours ensemble, que ce soit au buffet ou dans la salle de bal.

— Je suis heureuse pour Élisabeth, fit Liliana automatiquement.

— Moi aussi ! J'ai toujours trouvé Christopher de Drawleigh sympathique.

Liliana s'efforça de sourire.

— Élisabeth aussi, semblerait-il.

Elle chercha son amie des yeux mais ne la vit pas. Lady Vicky l'enveloppa d'un regard soucieux.

— Je suppose qu'après cet épisode déplaisant, vous ne souhaitez pas spécialement vous attarder ici.

— C'est vrai, admit franchement la jeune fille. Mais je m'en voudrais de gâcher votre soirée.

— Pas du tout. La voiture va vous ramener à la maison, puis reviendra nous chercher... quand Élisabeth sera prête à partir.

— Merci, fit Liliana avec gratitude.

Lady Vicky lui tapota le bras dans un geste encourageant.

— Tâchez de dormir... malgré tout.

La voiture qui avait ramené Liliana repartit dès que Manners, le majordome, lui ouvrit la porte de l'hôtel particulier de lady Vicky. Il paraissait très soulagé de la voir.

— Vous êtes donc de retour plus tôt que prévu, mademoiselle ? J'en suis heureux.

La jeune fille haussa les sourcils.

— Pourquoi ?

Le majordome toussota.

— Ne vous affolez pas, mais...

Il s'interrompit, soudain très mal à l'aise.

— Que se passe-t-il donc, Manners ? demanda-t-elle avec étonnement.

— Deux policiers en civil vous attendent.

— Moi ? s'écria la jeune fille. Ce n'est pas possible !

— C'est pourtant vous qu'ils ont demandée nommément, mademoiselle.

Oubliant les menaces de lord Farringdon, la jeune fille se dirigea vers le salon en déclarant avec assurance :

— Il y a certainement une erreur.

Dès qu'elle entra, les deux hommes vêtus de sombre qui étaient assis côte à côte sur un canapé se levèrent.

— Mademoiselle Parker ? demanda l'un d'eux d'un air lugubre.

— Oui, c'est bien moi.

Soudain, Liliana eut l'impression que son cœur s'arrêtait de battre.

— Mon Dieu ! Il y a eu... un accident ? Mon père ? Ma mère ?

— Non, non, mademoiselle. Nous devons seulement vous emmener au commissariat.

— Moi ?

Elle crut soudain entendre la voix de lord Farringdon :

Je ne recule devant rien pour obtenir ce que je désire. Pour cela, tous les moyens me sont bons. Je vous veux ? Je vous aurai.

Était-il possible que ces soi-disant policiers soient ses complices ?

« Je le crois tout à fait capable d'avoir recours à un subterfuge de ce genre. »

Elle fronça les sourcils avec méfiance.

— Je n'ai jamais eu d'ennuis avec la justice de ma vie. Qui me dit que vous êtes vraiment des policiers ?

— Inspecteur Tatchman.

— Inspecteur Newport.

Et, du même geste, ils sortirent de leur poche les cartes les identifiant. Elle dut alors se rendre à l'évidence.

— Qu'ai-je fait ?

— Vous ? Rien, mademoiselle. C'est votre père.

Elle eut alors l'impression que tout tournait autour d'elle.

— Mon… mon père ?

— Sir William Parker se trouve en état d'arrestation et vous réclame.

Dans la voiture qui l'emmenait au grand trot de deux chevaux qui avaient l'air aussi lugubres que les hommes qui l'encadraient, Liliana tenta d'en savoir davantage. Mais les policiers refusèrent de lui révéler quoi que ce soit.

— C'est à notre supérieur de vous mettre au courant.

La voiture ne tarda pas à s'arrêter dans la cour d'un poste de police.

Même si Liliana était sûre, désormais, que ces deux agents n'étaient pas commandités par lord Farringdon, elle ne pouvait pas se réjouir pour autant !

Elle fut reçue par le commissaire principal qui, d'un air solennel, déclara :

— Mademoiselle, votre père, sir William Parker, a trahi son pays.

La jeune fille porta la main à son cœur.

— Mon Dieu ! Qu'a-t-il fait ?

Le commissaire, qui devait d'ordinaire se contenter de faits divers et semblait très satisfait d'avoir découvert une affaire importante qui lui vaudrait un avancement, reprit du même ton solennel :

— D'après notre enquête, il aurait transmis aux Russes des secrets d'État. Il s'agit d'une charge très grave, un crime de haute trahison.

Liliana essayait de comprendre.

— Un… un crime…

— De haute trahison, répéta le commissaire en savourant ses mots. S'il est reconnu coupable, il risque la peine de mort.

Glacée, la jeune fille demanda d'une voix presque inaudible :

— Avez-vous des preuves ?

Au lieu de répondre à sa question, il lui en posa une autre :

— Connaîtriez-vous un certain prince Nicolaï Vaslaski ?

— Je l'ai rencontré une fois.

— C'est un membre des services secrets russes. Un espion, en d'autres termes.

Liliana se tordit les mains. Quoi, son père accusé de haute trahison ? Condamné à mort, peut-être ? Déjà, elle s'imaginait se jetant aux pieds de la reine Victoria pour implorer sa clémence…

Elle posa la main sur son front brûlant.

— Je… je ne peux pas le croire. Mon père est un fidèle sujet de Sa Majesté. Il aime son pays et ne ferait rien pour lui nuire.

Plus pompeux que jamais le commissaire déclara :

— Selon la loi, toute personne est présumée innocente tant que sa culpabilité n'a pas été reconnue.

Liliana crut apercevoir une petite lueur d'espoir.

— Par ailleurs, reprit-il, je n'ignore pas que sir William Parker est un éminent membre du Parlement.

— Jamais un membre du Parlement ne trahirait la reine, assura la jeune fille.

— Je serais navré de devoir laisser croupir votre père en prison. Pour le moment, je me suis arrangé pour que le secret soit bien gardé. Imaginez le scandale si l'on savait que sir William Parker se trouve sous les verrous !

« Et quel scandale ! pensa la jeune fille avec horreur. Nous deviendrions les parias de la haute société. Ma réputation serait perdue pour toujours. Après cela, comment James pourrait-il encore songer à m'épouser ? »

Le commissaire, plus pénétré de son importance que jamais, annonça :

— J'ai donc décidé de remettre votre père en liberté sous caution.

— Une caution de... de quel montant ?

— Dix mille livres sterling. À verser avant trois jours – c'est-à-dire mardi soir au plus tard.

Liliana tressaillit.

— Dix mille livres ? Mais c'est une fortune ! Comment voulez-vous que ma mère et moi puissions réunir une telle somme en si peu de temps ?

Le commissaire ne se laissa pas fléchir.

— Je vous laisse trois jours pour trouver l'argent, répéta-t-il d'un ton péremptoire.

L'expérience vécue par Liliana au bal du duc de Harndean ne représentait pas grand-chose à côté de ce cauchemar. Une valse avec lord Farringdon, suivie d'une demande en mariage ? Ah, la belle affaire !

— Puis-je voir mon père ?

Jouant de son pouvoir, le commissaire fit mine d'hésiter. Puis il hocha la tête.

— Très bien. Un sergent va vous conduire aux cellules. Vous pourrez vous entretenir avec sir William Parker pendant cinq minutes. Soyez quand même prévenue…

Il laissa échapper un rire moqueur avant d'ajouter :

— Ce n'est pas un endroit où vont d'habitude les jeunes demoiselles en robe de bal.

4

Seules quelques lanternes sourdes éclairaient le sous-sol du commissariat, où régnait un froid glacial. De part et d'autre d'un couloir sombre et humide au centre duquel coulait une rigole d'eau, s'alignaient une vingtaine d'étroites cellules fermées par des portes grillagées.

Même si très peu étaient occupées, l'arrivée de Liliana ne passa pas inaperçue. Son passage fut salué par des sifflements ou des compliments grivois. Horriblement gênée, elle resserra sa cape autour d'elle, en s'efforçant de ne pas écouter ces lazzis.

À l'aide d'une grosse clef qui grinça dans la serrure, le sergent ouvrit l'une des portes et lui fit signe d'entrer.

— Vous avez cinq minutes.

Liliana pénétra dans une geôle obscure dont l'ameublement était seulement constitué d'une planche en bois servant de lit. Sir William, assis sur une méchante couverture pliée en quatre, se tenait la tête entre les mains.

— Père…

Sir William se leva d'un bond.

— Liliana ! Tu as pu venir !

Celui qui avait droit à tous les traitements de faveur au Parlement eut un rire sans joie tandis que, d'un geste, il désignait les murs suintants d'humidité de son cachot – une cave, en réalité.

— Je suis désolé que tu voies tout ceci. J'aurais voulu t'épargner un tel spectacle. Mais, étant donné la situation, il m'est pour le moment impossible de faire appel à mes amis. Tu es la seule que j'aie pu prévenir.

Liliana se précipita dans les bras du prisonnier.

— Que se passe-t-il ? Pourquoi vous a-t-on jeté en prison ? Le commissaire m'a dit que vous étiez coupable de haute trahison, que vous aviez transmis des secrets d'État au prince Nicolaï Vaslaski, que…

Son père l'interrompit.

— Tout cela est faux.

— Alors, pourquoi ne vous relâche-t-on pas ?

— Parce que ce commissaire est un idiot. Il le reconnaîtra assez tôt à ses dépens.

— Pour vous libérer, il demande une caution de dix mille livres sterling.

Sir William haussa les épaules.

— L'imbécile, grommela-t-il.

— Il lui faut cet argent dans les trois jours. Mère pourra-t-elle réunir cette somme dans le temps imparti ?

Le rire sans joie de sir William retentit de nouveau.

— Il ne faut pas y compter.

— Voyons, père ! Même si vous n'avez pas tout cela sur votre compte en ce moment, votre banque devrait pouvoir vous avancer l'argent et…

— Inutile d'aller trouver mon banquier. Il refusera catégoriquement de me rendre le moindre service.

Liliana, dont les yeux s'accoutumaient peu à peu à l'obscurité, regarda son père avec incrédulité.

— Comment est-ce possible ? Nous sommes riches.

— Nous l'étions. Nous ne le sommes plus.

— Comment est-ce possible ?

— J'avais investi une grande partie de ma fortune dans des puits de pétrole en Amérique. La société, mal gérée, a fait faillite. Je ne désespère pas de récupérer un pourcentage important de ce que j'ai perdu. D'ailleurs, mes avocats sont sur l'affaire. Mais cela prendra forcément du temps.

Après un silence, il ajouta:

— Voilà pourquoi je travaille tant. Je ne voulais, à aucun prix, que ta mère et toi pâtissiez de cette situation.

— Mère est-elle au courant de vos difficultés ?

— Un peu. Très peu.

— Elle ne m'a jamais parlé de cela.

— Probablement parce qu'elle ne voulait pas que tu t'inquiètes. D'autant plus que le moment aurait été bien mal choisi !

— Pourquoi ?

— Ta mère et moi étions persuadés que le comte de Sherborne allait te demander en mariage. Il aurait été plutôt malvenu de t'ennuyer avec nos soucis d'argent. Tu avais bien autre chose en tête !

La jeune fille éclata en sanglots.

— Je ne me marierai jamais ! s'exclama-t-elle avec désespoir.

— Pourquoi dis-tu cela, ma chère enfant ?

— Père, vous êtes en prison. Cela va forcément se savoir. Le déshonneur va rejaillir sur toute la famille. Qui voudra m'épouser après cela ?

Son père l'embrassa.

— Ne pleure pas. Tout s'arrangera.

Il jura entre ses dents.

— Ah, crois-moi ! Ce commissaire est un bel imbécile !

Envahie par un morne désespoir, Liliana s'essuya les yeux.

— Il va falloir prévenir mère.

— C'est fait. Je lui ai envoyé un message en lui demandant de venir à Londres. Si elle suit mes instructions, elle devrait arriver demain et s'installer au Grand Hôtel de Piccadilly, dont le directeur est l'un de mes amis.

La jeune fille réfléchissait.

— Vous avez de nombreuses relations. Ces gens-là ne pourraient-ils pas vous prêter…

— Je ne veux rien demander à qui que ce soit. J'aime encore mieux rester en prison.

— Ici ? Dans cet endroit horrible ? Il fait froid, vous allez tomber malade.

— Bah ! Quand je faisais la guerre, il m'est arrivé de dormir dans des endroits encore plus sordides que celui-ci.

Effrayée, Liliana demanda :

— Si nous ne parvenons pas à verser la caution, combien de jours, de semaines ou peut-être de mois devrez-vous passer ici ?

— Tout va s'arranger, répéta sir William. Je n'ai rien à me reprocher. J'espère que tu me crois ?

— Ce n'est pas moi qu'il faut convaincre, mais les policiers, s'écria la jeune fille avec une soudaine exaspération. Si vous affirmez être innocent, pourquoi ce commissaire n'ajoute-t-il pas foi à vos dires ? Il a l'air absolument convaincu que vous êtes coupable de crime de haute trahison.

— Ce n'est pas le cas.

— Alors, défendez-vous !

— Je suis navré, mais cela m'est impossible.

— Pourquoi ?

— Je ne peux pas t'en dire plus.

Le père de la jeune fille parut furieux.

— Cet idiot n'a aucune idée des problèmes qu'il vient de soulever. Pour le moment, je dois jouer son jeu mais un jour, tu verras, la vérité éclatera ! Et il maudira le jour où il m'a fait passer les menottes.

— Les menottes ! s'exclama Liliana, saisie. Oh, pauvre père !

Le sergent apparut à la porte.

— Les cinq minutes sont passées, mademoiselle. Et largement !

Élisabeth et sa tante n'étaient pas encore de retour lorsque Liliana regagna l'hôtel particulier de lady Vicky.

La jeune fille en fut soulagée. Qu'aurait-elle bien pu donner comme explication, en effet ?

Les yeux du majordome brillaient de curiosité.

— J'espère que tout s'est bien passé, mademoiselle.

— Mais oui, Manners. Un simple malentendu, prétendit-elle.

— Tant mieux ! J'ai entendu dire qu'il valait mieux ne pas avoir affaire à ces gens-là. Ce ne sont pas des tendres… Et les cachots sont absolument infects.

En riant, il ajouta :

— Vous n'auriez pas été très heureuse là-bas, dans votre jolie robe de bal !

Liliana frissonna en pensant à son père qui allait devoir y passer la nuit.

« Sur une planche ! Il ne va pas réussir à dormir. Et moi non plus. »

Elle se trompait. Épuisée par toutes ces émotions, elle sombra dans un profond sommeil dès que sa tête toucha l'oreiller.

Ce fut son amie Élisabeth qui vint la réveiller un peu après dix heures.

— Debout, paresseuse ! lança-t-elle gaiement en tirant les rideaux.

Elle vint s'asseoir au bout du lit de la jeune fille.

— Quel dommage que tu ne sois pas restée, hier ! Tu aurais fait la connaissance du vicomte Christopher de Drawley.

Ses yeux se mirent à briller.

— Il est charmant. J'ai dansé avec lui toute la nuit et il a promis de venir me rendre visite cet après-midi.

Liliana s'efforça de sourire.

— Je t'avais bien dit que tu rencontrerais ton prince charmant.

— Et toi ? Que s'est-il exactement passé hier soir ? Ma tante m'a dit que tu avais eu la malchance de tomber sur quelqu'un que tu ne souhaitais pas voir. Cela a gâché ta soirée et tu as demandé à rentrer avant nous.

Liliana hocha la tête.

— J'ai été importunée par lord Farringdon. Tu sais ? Celui que je souhaitais tant éviter.

— Il était au bal ?

— Hélas ! Il m'a pratiquement obligée à danser avec lui. Puis il m'a annoncé qu'il était tombé follement amoureux de moi et m'a demandée en mariage.

— Tu le connais à peine !

— Je l'ai vu de près deux fois, précisa Liliana. Et une troisième fois de loin. Bien évidemment, j'ai refusé de l'épouser. Et alors il n'a pas hésité à me menacer.

— Quoi ? s'écria Élisabeth, stupéfaite.

— Il m'a dit textuellement ceci : « Soyez prévenue, je ne recule devant rien pour obtenir ce que je désire. Pour cela, tous les moyens me sont bons. Je vous veux ? Je vous aurai. »

— Mais c'est épouvantable !

— Après cela, tu peux comprendre que je n'avais plus aucune envie de rester au bal.

— Je m'en doute. Moi qui espérais que ce petit séjour à Londres allait te changer les idées... Quelle malchance que ce lord Farringdon ait été lui aussi invité chez les Harndean ! Alors tu es rentrée... tu t'es couchée de bonne heure, et tu as dormi jusqu'à maintenant ?

Liliana soupira.

— Ce n'est pas tout.

Il fallait qu'elle se confie à quelqu'un. Et ne savait-elle pas pouvoir compter sur la discrétion de son amie ? Elle tint cependant à s'en assurer une fois de plus.

— Élisabeth, tu ne révéleras à personne ce que je vais te dire ?

— Pour qui me prends-tu ? Est-ce la peine de me poser une telle question ?

— Quand je suis rentrée ici, le majordome m'a appris que des policiers souhaitaient me voir.

— Des policiers ? répéta Élisabeth avec stupeur.

Elle fronça les sourcils.

— Attends que j'essaie de me souvenir... À notre retour, Manners a en effet emmené ma tante à l'écart. Ils se sont mis à parler à voix basse, mais comme j'avais très mal aux pieds et que j'étais fatiguée, je n'ai pas cherché à écouter. Je suppose qu'il lui expliquait tout cela.

— Vraisemblablement.

— Cette histoire ne tient pas debout ! Pourquoi des policiers souhaitaient-ils te voir ?

Liliana étreignit les mains de son amie.

— Mon père est en prison, dit-elle très bas. Je l'ai vu dans sa cellule, au commissariat.

Élisabeth demeura pendant quelques instants sans voix.

— Ton père ? murmura-t-elle enfin, sidérée. Ce n'est pas possible !

— Malheureusement, si. Il ne cesse de répéter que le commissaire est un imbécile, qu'il n'a rien à se reprocher, que la vérité éclatera un jour...

D'un ton plein d'amertume, Liliana ajouta :

— Mais je suppose que tous ceux qui sont arrêtés parlent ainsi.

— Tu n'as pas plus confiance que cela en ton père ?

— Je le voudrais bien. Mais s'il n'est pas coupable, pourquoi n'a-t-il pas voulu me donner d'explications ? s'écria la jeune fille avec désespoir. Pourquoi ne fournit-il pas de preuves aux policiers pour établir son innocence ?

Un peu avant midi, alors que Lady Vicky dormait toujours, un petit groom vêtu d'une courte veste rouge apporta un message à Liliana. Lady Parker, qui venait d'arriver au Grand Hôtel de Piccadilly, demandait à sa fille d'aller la retrouver dès que possible dans la chambre n° 218.

— Ta mère doit être dans un état terrible, dit Élisabeth avec compassion.

— Tu imagines ? Quel drame !

Liliana se tordit les bras.

— Son mari en prison, accusé de haute trahison ! Si les journaux s'emparent de l'affaire, le scandale sera inouï et plus personne ne voudra nous parler.

— Je resterai toujours ton amie, assura Élisabeth. Et ma tante aussi. Je pense pouvoir répondre pour elle. Elle n'a jamais tenu compte des conventions étriquées qui régissent la haute société. Jamais elle ne tournerait le dos à des gens qui se trouvent en butte à des difficultés. Au contraire !

— Si seulement tout le monde pouvait réagir ainsi ! Mais je connais les gens. S'ils apprennent que mon père est en prison, ma mère et moi ne pourrons plus aller nulle part sans être montrées du doigt.

Élisabeth se leva.

— Je monte mettre un manteau et un chapeau.

D'un ton sans réplique, elle ajouta :

— Je t'accompagne au Grand Hôtel de Piccadilly. Ce n'est pas très loin, nous pourrons y aller à pied.

Voyant son amie hésiter, Élisabeth la rassura.

— Ne t'inquiète pas, je vous laisserai parler tranquillement. J'attendrai dans le hall. Va vite te préparer.

Vêtues de pied en cap, elles s'apprêtaient à partir quand lady Vicky apparut en haut de l'escalier.

— Vous sortez, mes enfants ? Décidément, vous êtes infatigables. Moi, je suis tout bonnement exténuée. J'ai passé l'âge de danser toute la nuit.

Élisabeth éclata de rire.

— Ma tante, auriez-vous dansé ?

— Cela va te surprendre, ma chère enfant, mais oui, j'ai fait un tour de valse avec l'un de mes vieux amis, lord Penhurst.

Elle soupira.

— Cela m'a rappelé le bon vieux temps. À une exception près... Au lieu de me faire la cour, il m'a parlé de ses rhumatismes.

Elle se tourna vers Liliana.

— Vous avez l'air bien soucieuse, mon petit. J'espère que vous avez oublié le déplaisant épisode d'hier soir. Bah ! Ne vous désolez pas : vous aurez l'occasion de retourner danser.

— Ma tante, Liliana a de gros ennuis, dit Élisabeth.

Lady Vicky ne perdit pas de temps pour les entraîner dans le petit boudoir où elle avait l'habitude de se tenir lorsqu'elle était seule.

— Que se passe-t-il maintenant ?

En guise de réponse, Liliana éclata en sanglots.

— Ma tante, fit Élisabeth avec gravité, il s'agit d'une affaire très sérieuse. Vous garderez tout cela pour vous ?

Lady Vicky haussa les épaules.

— Pour qui me prends-tu ? lança-t-elle avec une pointe d'exaspération.

D'une voix hachée, Liliana lui raconta alors comment s'était achevée cette soirée. Après l'avoir écoutée attentivement, lady Vicky déclara :

— Premièrement, je ne peux pas croire que sir William Parker ait quoi que ce soit à se reprocher. Deuxièmement, il faut absolument éviter que les journalistes aient vent de cette affaire. Et troisièmement, ma chère Liliana, il n'est pas question que votre mère reste à l'hôtel. Proposez-lui de venir s'installer ici avec nous. Je la mettrai dans la chambre grecque.

— Comment vous remercier ? fit la jeune fille avec reconnaissance.

— J'aimerais bien pouvoir faire davantage. Malheureusement, il m'est impossible de disposer de dix mille livres sterling avant mardi.

Liliana se tordit les bras.

— Et nous sommes déjà dimanche !

Lady Vicky poussa sa nièce et Liliana vers la porte.

— Allez vite chercher lady Parker. Pendant ce temps, je demanderai que l'on prépare la chambre grecque.

Cinq minutes plus tard, Liliana se retrouva dehors en compagnie de son amie. Quelque peu rassérénée par la gentillesse de son hôtesse, elle marchait d'un bon pas, luttant contre un vent glacé.

— Ta tante est trop bonne, dit-elle à Élisabeth.

— Ne t'avais-je pas dit que l'on peut toujours compter sur elle.

Une voiture était arrêtée au coin de la rue. Un homme en sortit et ôta son chapeau tout en s'inclinant.

— Mademoiselle Parker, quelle surprise !

En reconnaissant lord Farringdon, la jeune fille sursauta. Que faisait-il ici ? La guettait-il ?

Elle pinça les lèvres.

« C'est fort probable, pensa-t-elle. Heureusement qu'Élisabeth est avec moi. »

À voix haute, elle déclara :

— Permettez-moi de vous présenter mon amie Élis…

Elle n'eut pas le temps d'en dire davantage. George Farringdon l'avait saisie par le bras.

— Il faut que je m'entretienne avec vous. C'est important et urgent.

— Je le regrette, monsieur, fit-elle avec hauteur. Mais moi, je n'ai rien à vous dire.

— Avant de me parler sur ce ton, prenez d'abord le temps de m'écouter.

D'un ton doucereux, il poursuivit :

— J'ai appris que votre père se trouvait confronté à certaines difficultés.

La jeune fille retint sa respiration. Comment pouvait-il savoir cela ? L'arrestation de sir William était donc déjà de notoriété publique ?

— N'ayez pas peur, votre secret est bien gardé avec moi, reprit lord Farringdon en l'entraînant à quelques pas.

— Qui… qui vous a dit que…

— J'ai des amis bien placés qui me tiennent au courant de certaines choses. Je pense avoir la possibilité de vous aider. Si vous me permettez de venir vous rendre visite demain, nous pourrons discuter de tout cela. À deux heures de l'après-midi, cela vous convient-il ?

« Je vais donc être obligée de revoir cet homme que j'abhorre ? » se demanda-t-elle, avec autant d'horreur que de résignation.

Car, déjà, elle avait compris qu'elle devait mettre de côté ses propres sentiments. Lord Farringdon ne venait-il pas de lui proposer d'aider son père ? En ce moment, cela seulement comptait.

— Demain à deux heures… répéta-t-elle. Très bien. Mon adresse à Londres est…

— Je la connais, coupa-t-il.

Avec un ricanement déplaisant, il conclut :

— Je sais beaucoup de choses, voyez-vous.

Il ôta de nouveau son chapeau.

— À demain, mademoiselle Parker.

Les deux jeunes filles le regardèrent claudiquer jusqu'à sa voiture. Puis Élisabeth frissonna.

— Quel déplaisant personnage !

— Je suis heureuse de te l'entendre dire, fit la jeune fille avec amertume. Sache que c'est lui qui m'a demandée en mariage hier.

— Il ne manque pas d'audace ! Il s'imagine vraiment qu'une ravissante jeune fille comme toi a envie d'épouser un disgracié de la nature comme lui ?

— Il n'est pas beau, admit Liliana avec une certaine gêne. Mais ma mère m'a toujours dit qu'il ne fallait pas juger les gens sur leur apparence physique.

— Je le sais. L'ennui, avec ce monsieur, c'est qu'on pressent qu'il est aussi laid à l'intérieur qu'à l'extérieur.

— Je le crains.

— Lui as-tu dit que tu étais déjà fiancée ?

— Je me suis contentée de lui apprendre que j'étais promise à un autre. Cela ne l'a pas découragé. Il m'a fait remarquer que je ne portais pas de bague et que mes fiançailles n'avaient jamais été annoncées officiellement dans les journaux.

— Et là-dessus, il t'a menacée…

— Exactement. Élisabeth, que dois-je faire ? Que vais-je devenir ? J'ai l'impression d'être prise dans un piège terrible qui se referme peu à peu sur moi…

Pendant qu'Élisabeth s'installait à une table du salon de thé du Grand Hôtel de Piccadilly, Liliana monta au deuxième étage et frappa à la porte du 218.

Sa mère vint tout de suite lui ouvrir.

— Oh ! Liliana ! s'exclama-t-elle dans un sanglot.

Elle avait dû pleurer toute la nuit. Jamais la jeune fille ne lui avait vu ce visage creusé, ces yeux cernés.

Les deux femmes s'étreignirent.

— Avez-vous pu voir père ? demanda Liliana.

— Il m'a fait parvenir un message en me conjurant de ne pas lui rendre visite.

La jeune fille imagina la réaction de sa mère en pénétrant dans cette cellule sinistre.

— Il a raison, déclara-t-elle.

— Pourquoi ?

— Parce que… euh… parce qu'il a surtout besoin d'être encouragé en ce moment, prétendit Liliana. S'il vous voit en larmes, il va se sentir encore plus déprimé.

— Tu l'as vu, toi ?

— Oui.

— Pourquoi, mais pourquoi l'a-t-on arrêté ? Je ne l'ai pas encore compris.

— On l'accuse d'avoir transmis des secrets d'État aux Russes.

— Le prince Vaslaski serait derrière tout cela ! s'exclama lady Parker ! Cet homme ne m'a jamais inspiré confiance. Je ne me trompais pas.

Elle s'essuya les yeux à l'aide d'un petit mouchoir déjà trempé de larmes.

— Combien de fois n'ai-je pas recommandé à ton père d'éviter ce Russe ! Il refusait de m'écouter. Lorsque j'insistais, il me répondait invariablement ceci : « Ma chère amie, vous ne pouvez pas comprendre. » Et maintenant…

— Maintenant, le voilà en prison, accusé de haute trahison.

Liliana ne jugea pas utile d'ajouter que sir William encourait la peine capitale.

— Jamais ton père ne trahirait son pays, déclara lady Eleanor avec force. Tu m'entends ? Jamais.

— Quoi qu'il en soit, si nous voulons obtenir sa libération, il nous faut verser une caution de dix mille livres sterling.

— Où veux-tu que je trouve une somme pareille ? Ma chère enfant, tu l'ignores encore, mais ton père a récemment perdu beaucoup d'argent.

— Il m'a mise au courant de cela hier. Pourquoi ne m'avez-vous rien dit ? Pourquoi avez-vous continué à vivre et à dépenser comme si tout allait bien ? J'aurais pu cesser d'acheter des robes...

— Comment aurions-nous pu demander de tels sacrifices à une jeune fille de ton âge ?

— Je les aurais accomplis bien volontiers, assura Liliana.

Elle en revint à leur principal problème.

— Qui pourrait nous prêter dix mille livres ?

— Personne.

— Mais si nous ne pouvons pas trouver cet argent, père restera en prison ! s'écria Liliana avec désespoir. Non, ce n'est pas possible ! Je suis prête à tout pour éviter cela.

— Et que peux-tu faire, ma pauvre enfant ?

Liliana baissa la tête.

— Quelqu'un va peut-être pouvoir nous aider.

Ce *quelqu'un* n'était autre que lord Farringdon... L'être qu'elle détestait le plus au monde. Mais n'était-il pas le seul à lui avoir tendu la main ?

Et n'avait-elle pas dit à Élisabeth qu'il ne fallait pas juger les gens sur leur apparence physique ?

Le lendemain, Liliana était encore à table quand Manners vint lui annoncer qu'elle avait une visite.

— Lord Farringdon, mademoiselle, précisa-t-il.

La jeune fille, qui n'avait pas encore touché à son dessert, se sentit envahie d'une nausée. Elle posa sa serviette sur la nappe.

— Voulez-vous m'excuser, madame ? demanda-t-elle à lady Vicky.

Cette dernière lui sourit chaleureusement.

— Allez, mon enfant. Nous allons continuer à bavarder tranquillement pendant que vous recevez votre soupirant.

Élisabeth leva les yeux au ciel.

— Et quel soupirant !

Lady Vicky et la mère de Liliana échangèrent un coup d'œil entendu.

— Ah, ces demoiselles ! firent-elles presque en même temps.

Il avait fallu beaucoup de persuasion de la part de lady Vicky pour convaincre lady Parker de venir séjourner chez elle. La mère de Liliana ne regrettait pas d'avoir accepté, car la tante d'Élisabeth avait tout de suite su la mettre à l'aise et les deux femmes étaient devenues les meilleures amies du monde.

Lord Farringdon attendait Liliana au grand salon. Dès qu'il la vit entrer, un sourire victorieux lui vint aux lèvres. Un sourire qui glaça la jeune fille.

— Mademoiselle, vous êtes plus jolie que jamais.

— Merci, monsieur.

— Comment va votre père ?

Elle hésita avant de répondre d'une voix neutre :

— Bien, j'espère.

— Je vous ai dit que j'espérais pouvoir vous aider.

— Comment ? Et, tout d'abord, comment avez-vous pu être mis au courant de… des difficultés que traversait mon père ?

— Grâce à mes relations, je sais à peu près tout ce qui se passe à Londres.

En se frottant les mains, il ajouta :

— Il est toujours utile de connaître les vilains petits secrets des autres.

La jeune fille se raidit en entendant cela.

« Élisabeth a raison, il est aussi laid à l'intérieur qu'à l'extérieur. »

— J'ai appris que l'on demande une énorme caution pour libérer sir William Parker, reprit-il.

— Dix mille livres sterling.

— C'est énorme, en effet. Mais je suppose que l'on calcule les cautions en fonction du délit.

— Mon père est innocent.

Lord Farringdon ricana.

— Cela, ma chère, c'est lui qui le dit.

Il marqua une pause avant de déclarer d'un air important :

— Eh bien, ma chère, sachez que je suis prêt à payer cette somme.

— Vous ? fit Liliana d'une voix étranglée.

— Avec un peu de chance, j'espère que nous pourrons nous arranger pour que cette affaire soit étouffée avant de passer devant les tribunaux. Cela simplifierait tout. Mais si votre père devait être jugé, j'engagerais pour le défendre les meilleurs avocats de Londres.

— Pour… pourquoi agissez-vous ainsi ?

— Ma chère, cela me semble évident. Donnant, donnant…

— Que… que voulez-vous en échange ?

— Que vous deveniez ma femme.

— Et… et si je refuse ?

Il eut un geste indifférent.

— Eh bien, votre père restera en prison. Et je m'arrangerai pour que cette histoire fasse les gros titres des journaux.

Là-dessus, il se mit à ricaner, tout en se frottant de nouveau les mains.

— J'imagine déjà le scandale. Ha, ha !

— Non ! Non, je vous en supplie… sanglota-t-elle. Ne salissez pas notre nom.

— Alors, épousez-moi.

Le piège s'était brusquement refermé sur elle.

— Je n'ai pas le choix, fit-elle d'une voix presque inaudible. Très bien, je vous épouserai, contrainte et forcée. Mais sachez que jamais je ne vous aimerai.

Il se précipita sur elle, lui prit les mains et les couvrit de baisers.

— Vous venez de faire de moi le plus heureux des hommes.

« Et vous venez de faire de moi la plus malheureuse des femmes », pensa-t-elle en écho.

— Je suis de ceux qui tiennent parole. Dès maintenant, je vais m'arranger pour payer la caution. Votre père sera libéré au plus tard demain, je vous le promets.

Là-dessus, après avoir déposé un dernier baiser mouillé sur les mains glacées de la jeune fille, il sortit.

« Mon Dieu, qu'ai-je fait ? se demanda Liliane en pleurant désespérément. Comment ai-je pu accepter de devenir la femme de l'être que je déteste le plus au monde ? Oh, James, mon cher James… je vais donc devoir vous dire adieu pour toujours ? »

Liliana resta tout l'après-midi enfermée dans sa chambre. Plusieurs fois, sa mère ou Élisabeth vinrent frapper à sa porte, mais elle refusa de leur ouvrir.

Un peu avant l'heure du dîner, on frappa de nouveau.

— Laissez-moi.

— Liliana ?

Rêvait-elle ? Était-ce bien la voix de son père ? Elle se leva d'un bond et se précipita dans les bras de sir William Parker en se remettant à pleurer. De joie, cette fois.

— Père, ils vous ont libéré !

— Tout s'est passé si vite que je n'en reviens pas encore. Quand on est venu me chercher, j'ai cru que l'on allait me transférer dans une autre prison. Pas du tout, on m'a amené dans le bureau du commissaire où lord Farringdon, qui se trouvait là, m'a annoncé que j'étais libre : il venait de verser la caution demandée.

Sir William caressa les cheveux de sa fille.

— Et qu'ai-je appris ? Tu vas te marier ?

La joie de Liliana tomba immédiatement.

— Qui vous a dit cela ?

— Lord Farringdon. J'avoue que j'ai été un peu surpris, tout cela me semble bien rapide, mais je lui suis fort reconnaissant de son intervention. D'autant plus qu'il a l'intention d'acheter certaines de mes terres qui jouxtent les siennes pour un très bon prix. Cet argent va me permettre de me remettre à flot financièrement.

— J'en suis heureuse, père.

Sir William fronça les sourcils, soudain saisi d'un doute.

— Dis-moi, Liliana. L'aimes-tu ? Franchement ?

La jeune fille contempla le bout de ses bottines.

— Non, père, répondit-elle enfin d'une voix morne. L'amour viendra peut-être plus tard... De toute manière, il fallait bien que je me marie un jour. George Farringdon est généreux, je ne manquerai de rien.

Sir William hocha la tête.

— Tu es sage. La passion n'est souvent qu'un feu de paille et l'aveuglement passé, on regrette de s'être engagé trop vite. Certains mariages de raison sont très réussis. Lord Farringdon n'est peut-être pas le plus séduisant des hommes, mais il est bon et attentionné. Je suis sûr que tu seras heureuse.

Son père n'avait donc pas deviné qu'elle se sacrifiait pour lui ?

« Cela vaut mieux, se dit-elle. En revanche, maman risque d'être moins facilement dupe. »

— Le dîner sera servi un peu plus tard que d'habitude, m'a dit notre charmante hôtesse, reprit sir William. Elle a invité lord Farringdon à se joindre à nous. Dépêche-toi de te préparer.

Déjà, il était à la porte.

— Fais-toi belle, ajouta-t-il avant de sortir.

Se faire belle ! Et pour *qui* ? Pour un homme qu'elle haïssait de toutes ses forces, viscéralement. Un homme auquel elle devrait bientôt appartenir corps et âme. À cette pensée, tout son être se révoltait.

Tête basse, elle alla ouvrir ses placards et choisit la robe du soir la plus simple qu'elle possédait : une toilette en satin gris-bleu ornée de dentelle.

Malgré tous ses efforts pour paraître effacée, elle était bien jolie… Lord Farringdon, qui se trouvait déjà au salon lorsqu'elle descendit, ne cacha pas son admiration.

— Comme vous êtes belle !

Manners déboucha une première bouteille de champagne.

— C'est tout d'abord vous que nous fêtons, cher ami, dit lady Vicky à sir William, tout en levant sa coupe.

— Je ne saurais vous dire combien je suis heureux d'être parmi vous ce soir. Le cauchemar n'est pas fini, mais grâce à l'aide de Farringdon, j'ai bon espoir.

Il attendit que le majordome ait quitté le salon pour déclarer :

— Je viens de vivre une expérience terrible. Je ne souhaite à personne, même à mon pire ennemi, de se retrouver un jour dans cette situation.

Soucieux, il ajouta :

— Reste à espérer que les journaux n'auront pas vent de l'affaire. Je n'aimerais pas voir mon nom imprimé en première page de certains quotidiens.

— Ne vous inquiétez pas, dit lord Farringdon. Le secret a été bien gardé. Si un journaliste trop curieux mettait son nez là où il ne le fallait pas, je m'arrangerai pour le faire taire.

Il avait parlé d'un ton sinistre, mais personne ne s'en était rendu compte, à part Liliana et – peut-être –, lady Vicky.

Quels étaient les moyens dont il disposait pour juguler la presse et savoir ce qui se tramait dans les commissariats ? Cet homme semblait posséder beaucoup de pouvoirs occultes, et cela faisait peur à la jeune fille.

— Il semblerait que nous ayons un autre grand événement à fêter, dit lady Parker.

Lord Farringdon se leva et, pompeusement, déclara :

— J'ai l'honneur de vous annoncer que Mlle Parker a bien voulu m'accorder sa main.

Tout le monde applaudit pendant qu'il sortait de sa poche un écrin. Un énorme diamant étincela. D'autorité, il passa la bague à l'annulaire gauche de la jeune fille.

Élisabeth s'extasia.

— Quelle magnifique pierre !

En pouffant, elle enchaîna :

— Si le vicomte de Drawley avait la bonne idée de m'offrir un solitaire deux fois plus petit, je serais déjà folle de joie.

— Tsst, tsst, fit lady Vicky avec sévérité. Nous n'en sommes pas encore là.

Liliana se sentit soudain bien seule. Son amie ne pensait plus qu'au vicomte de Drawley. Son père ne songeait qu'à fêter sa libération. Quant à sa mère, elle ne cachait pas sa joie d'avoir retrouvé son mari.

« Et moi ? Je me suis vendue à lord Farringdon pour que tout le monde soit heureux – oui, vendue, c'est bien le mot – et personne ne s'en rend compte ? Personne ne m'en sait gré ? » se demanda-t-elle.

Lord Farringdon baisa la main de Liliana.

— Nos fiançailles seront annoncées après-demain dans *The Times*. Quant au mariage, il pourrait être célébré à la Chandeleur, si du moins vous n'y voyez pas d'inconvénient ?

— À vous de décider, répondit la jeune fille avec résignation.

Maintenant qu'elle avait perdu James, tout lui était égal. Elle était devenue une sorte d'ectoplasme qui, avec un fatalisme désespéré, se laissait porter par les événements.

Ce dîner fut un supplice pour la jeune fille. Jamais elle n'avait été aussi tendue, aussi malheureuse de sa vie. Grâce au ciel, après toutes ces émotions, chacun avait envie de se reposer et la soirée se termina de bonne heure.

Une fois seule dans sa chambre, Liliana se jeta sur son lit en pleurant.

Cinq minutes plus tard, lady Vicky frappait à sa porte.

— Je peux entrer ?

Sans attendre la réponse de la jeune fille, elle pénétra dans la chambre et alla s'asseoir au bout du lit. Avec sa simplicité et son franc-parler habituel, elle déclara :

— Tout cela ne me regarde pas, je le sais. Mais êtes-vous heureuse d'épouser lord Farringdon ?

Comme Liliana n'avait pas répondu, elle poursuivit :

— Je n'en ai pas l'impression. Remarquez, on ne se marie pas forcément par amour, et certains mariages de raison sont très réussis. Mais dans ce cas particulier, je ne serais pas étonnée d'apprendre que l'on vous a forcé la main. Je me trompe ?

La jeune fille la regarda avec stupeur.

« Comment a-t-elle pu deviner ? »

— Je me trompe ? insista lady Vicky.

Liliana se remit à pleurer.

— Je… je le déteste ! avoua-t-elle entre deux sanglots. J'ai dû accepter de l'épouser pour… pour que mon père soit libéré.

— C'est bien ce que je suspectais. Et vos parents n'ont aucun soupçon ?

— Ils sont tellement heureux de constater que tout s'arrange que… qu'ils ne cherchent pas plus loin.

Lady Vicky prit la jeune fille dans ses bras.

— Ma pauvre enfant… murmura-t-elle avec compassion.

Les larmes de Liliana redoublèrent, tandis qu'elle expliquait d'une voix hachée :

— Mes parents se débattent dans de terribles difficultés financières. Ils ont perdu tout l'argent qu'ils avaient investi en Amérique. Et maintenant, cette histoire d'espionnage… Je ne crois pas mon père coupable – sinon d'imprudence, peut-être. Mais il se trouve dans une situation très délicate. Et comme lord Farringdon a promis de nous venir en aide…

— À condition que vous l'épousiez ?

— Si j'avais refusé, il aurait donné cette affaire en pâture aux journalistes. Imaginez le scandale ! Un membre du Parlement accusé de haute trahison ! Mon père ne s'en serait pas relevé.

— Et vous non plus.

— Si cela se sait, tout le monde nous tournera le dos. Vous êtes au courant, et malgré tout, vous acceptez de nous parler. Je ne sais comment vous remercier de nous recevoir aussi gentiment, de ne pas nous traiter en parias.

Lady Vicky haussa les épaules.

— Grâce au ciel, je n'ai pas d'œillères. Je n'ai jamais tenu compte des conventions étriquées qui régissent une certaine société.

Après un silence, elle demanda :

— Votre mariage avec lord Farringdon représente en quelque sorte… un arrangement d'affaires ?

— On peut dire cela.

Lady Vicky soupira.

— J'ai beau chercher, mais maintenant que je connais toute l'histoire, je ne vois pas d'échappatoire pour vous. Il faut bien l'admettre : vous voilà piégée dans une situation sans issue. Je peux seulement vous donner un conseil... qui vous choquera peut-être. Bah ! Comme je vous l'ai déjà dit, je ne suis en rien conventionnelle.

Elle marqua une pause avant de poursuivre :

— Une fois que vous serez devenue lady Farringdon, tâchez de garder une certaine liberté. Cela vous permettra de mener une existence parallèle et d'y puiser une certaine consolation.

Liliana fronça les sourcils.

— Comment cela ? Je ne comprends pas.

— Ah, ces petites oies blanches !

Lady Vicky prit la jeune fille par les épaules et la secoua gentiment.

— Une fois mariée, rien ne vous empêchera de prendre des amants… en toute discrétion, bien sûr.

Cette suggestion choqua Liliana à un point tel qu'elle en demeura muette.

— Vous me trouvez fort immorale ? lança lady Vicky en laissant échapper un petit rire. Vous êtes si jeune encore ! Mais vous verrez ! Le moment venu, vous ne pourrez que reconnaître le bien-fondé de mon conseil.

Là-dessus, elle déposa un léger baiser sur le front de la jeune fille.

— Bonne nuit. Tâchez de dormir… malgré tout.

Sir William décida de retourner au manoir des Étangs le lendemain, accompagné par sa femme et sa fille.

— Nous passerons Noël à la campagne, décida-t-il. Tranquillement, sans inviter qui que ce soit. Après tous ces événements, je n'ai aucune envie de voir du monde.

— Il nous faudra quand même faire signe à lord Farringdon, lui dit sa femme.

Sir William laissa échapper un petit rire.

— Bien sûr ! Ne fait-il pas déjà partie de la famille ?

En entendant cela, Liliana frissonna.

Quant à Élisabeth, elle allait rester pendant les fêtes à Londres, ainsi que l'en avait suppliée le jeune vicomte de Drawley.

— Je suis si contente ! confia-t-elle à son amie. Il m'a envoyé des fleurs. Vois…

Elle désigna un somptueux bouquet de roses blanches.

— Et il m'a invitée à prendre le thé chez ses parents, poursuivit-elle. Il aimerait que ceux-ci fassent ma connaissance.

Liliana s'efforça de sourire.

— Tout cela me semble en bonne voie. Je parie qu'il ne tardera pas à demander ta main.

— Quel rêve !

Élisabeth joignit les mains.

— Depuis que je connais Christopher, j'ai l'impression de planer sur un petit nuage rose. Quand je l'ai vu, j'ai reçu un choc en pleine poitrine.

Elle porta la main à son cœur.

— Le coup de foudre…

— Tu as de la chance, fit Liliana avec un soupçon d'amertume.

Son amie revint soudain sur terre.

— Et toi ? Comment as-tu pu accepter d'épouser lord Farringdon ? Je croyais que tu ne pouvais pas le supporter.

— Je le déteste ! s'exclama Liliana avec passion.

— Dans ce cas…

Élisabeth devina ce qui s'était passé.

— Il a versé la caution exigée pour la libération de ton père, et en échange…

— En échange, il m'a demandé de devenir sa femme.

— Que tu aides les tiens, soit. Mais te dévouer à ce point… Et le comte de Sherborne ?

Liliana crispa ses mains l'une sur l'autre, avec une telle violence que ses ongles pénétrèrent dans sa paume.

— Il faut que je lui annonce que tout est fini.

Le désespoir l'envahit.

— Comment trouverai-je le courage de lui écrire pour lui apprendre que…

— Tu dois absolument le mettre au courant. Imagine qu'il lise *The Times*…

— Il faut des semaines avant que les journaux anglais arrivent en Angleterre.

— Sois réaliste. Tu dois avoir l'honnêteté de le prévenir, insista Élisabeth.

— Je le sais, murmura Liliana, tête basse.

Elle estimait cependant disposer d'un certain répit. James se trouvait très loin, les communications étaient bien lentes... Avec le temps, elle espérait trouver les mots qu'il fallait pour expliquer à celui auquel elle avait donné son cœur qu'elle était obligée d'en épouser un autre.

5

Dès le surlendemain, lord Farringdon arrivait au manoir des Étangs.

— Quel plaisir de vous revoir, fit poliment lady Parker.

« Je serais incapable d'en dire autant », pensa Liliana.

Elle était en amazone et s'apprêtait à monter à cheval. Par la faute de lord Farringdon, il n'en était plus question. Sans enthousiasme, elle laissa sa cravache, ses gants et son petit feutre dans l'entrée.

Les jours passèrent, ponctués par les visites de George Farringdon. À l'occasion de Noël, ce dernier apporta à la jeune fille un paquet enrubanné.

— Un petit cadeau pour vous.

Sans enthousiasme, la jeune fille défit les faveurs et découvrit un collier en diamants qui, lui apprit lord Farringdon, avait appartenu à sa grand-mère.

— Il est superbe ! s'exclama lady Eleanor. Mets-le, ma chérie. Ton fiancé aimerait te voir le porter, j'en suis sûre.

D'autorité, lord Farringdon passa le somptueux joyau au cou de Liliana. Quand ses doigts frôlèrent sa nuque, elle se sentit prise de nausée.

Il recula de quelques pas pour l'admirer.

— Charmante !

Avec suffisance, il poursuivit :

— Lorsque nous serons mariés, je vous offrirai les plus beaux bijoux du monde.

« À tous vos diamants, je préférerais un simple collier de coquillages… si du moins c'était James qui me l'offrait », eut envie de crier Liliana.

Pendant que sir William Parker reprenait son existence affairée, comme si rien ne s'était passé, lord Farringdon se mit à régenter la vie de Liliana.

— Il faut que je vous fasse visiter ma maison à la campagne, déclara-t-il.

Sans lui demander son avis, il poursuivit :

— Je viendrai vous chercher demain à dix heures et demie.

Avec sa mère, la jeune fille fit donc le tour de la propriété de son futur mari. Il s'agissait d'une vaste demeure à l'architecture prétentieuse meublée pompeusement. En voyant ces lourdes armoires en acajou, ces papiers peints aux ramages foncés, ces rideaux bruns ou vert bouteille, Liliana eut peine à ne pas faire la grimace.

« Jamais je ne pourrai m'habituer à ce décor, pensa-t-elle. Je vais étouffer ici. »

Si le décor lui pesait, que dire de la présence de lord Farringdon ! Plus les jours passaient, plus elle avait l'impression de se laisser peu à peu engloutir par une inexorable marée de boue noire.

« Je voudrais mourir », se disait-elle souvent.

Les domestiques de lord Farringdon lui parurent tous plus antipathiques les uns que les autres. Quant à sa femme de charge, Mme Lock, elle la trouva franchement désagréable.

En revanche, Liliana s'entendit tout de suite très bien avec Andrew, le frère de lord Farringdon. Ce dernier, qui habitait Paris où il avait ouvert une importante galerie d'art, était venu passer quelques jours à la campagne.

Autant l'aîné des Farringdon était laid, autant le cadet était séduisant avec ses cheveux un peu trop longs en désordre et son sourire communicatif.

— Mais ma future petite belle-sœur est absolument ravissante ! s'exclama-t-il.

Si lord Farringdon ne semblait s'intéresser à rien, sinon, peut-être, à faire plier ceux sur lesquels il disposait d'une certaine autorité, son frère se passionnait pour énormément de choses, surtout pour l'art et la littérature.

Plusieurs fois, Liliana se dit que si elle avait été forcée d'épouser Andrew au lieu de George, elle aurait été moins malheureuse.

Un jour, sans réfléchir, elle demanda à celui qu'il lui fallait bien appeler son fiancé si Andrew avait l'habitude de lui rendre souvent visite.

Lord Farringdon lui adressa un regard plein de suspicion.

— Pourquoi me demandez-vous cela ?

— Parce que… euh, parce que je trouve votre frère très sympathique.

En entendant cela, lord Farringdon parut presque au bord de l'apoplexie.

— Quoi ? Sachez, ma chère que je suis un homme jaloux. Je ne tolérerai pas que vous vous intéressiez à mon frère – pas plus qu'à un autre, d'ailleurs.

Liliana tenta de le calmer.

— Mon ami, il n'y a absolument aucune raison pour que vous soyez jaloux, assura-t-elle. Je considère Andrew comme mon futur beau-frère, rien de plus. Et cela devrait vous faire plaisir que je le trouve sympathique.

— Pas du tout ! tonna-t-il. Vous ne devriez avoir d'yeux que pour moi.

Assez mal à l'aise, la jeune fille se souvint à ce moment-là des conseils choquants que lui avait donnés lady Vicky, la tante d'Élisabeth.

Elle avait toujours très mal jugé les femmes mariées qui prenaient des amants. Mais maintenant, elle ne savait plus trop que penser.

« Si elles sont malheureuses, je peux comprendre qu'elles cherchent à s'étourdir en multipliant les aventures », se dit-elle.

À cette pensée, elle eut envie de pleurer.

« Voilà où j'en suis, maintenant ! Parce que lord Farringdon m'a obligée à devenir sa femme, je ne parviens plus à distinguer le bien du mal. C'est désolant ! »

Ce soir-là, dès que Liliana et sa mère regagnèrent le manoir, le majordome leur apporta le courrier sur un plateau d'argent.

Le cœur de la jeune fille manqua un battement lorsque sa mère lui tendit une longue enveloppe constellée de timbres.

Lady Parker, qui avait également reconnu l'écriture de James, déclara :

— Le comte de Sherborne a dû recevoir la lettre dans laquelle tu lui annonçais tes fiançailles.

Soudain glacée, Liliana n'osa pas lui dire qu'elle n'avait pas encore trouvé le courage d'écrire à celui qu'elle continuerait à aimer jusqu'à son dernier soupir.

Elle tourna et retourna l'enveloppe entre ses doigts tremblants. Apparemment, d'après les tampons qui la couvraient, cette missive, postée à Bombay, avait été envoyée par erreur à Calcutta avant d'arriver très en retard en Angleterre.

Liliana se décida enfin à la décacheter.

— Oh, là, là ! Une lettre datée du début du mois de novembre qui arrive seulement aujourd'hui ! s'exclama-t-elle.

— À la mi-janvier ? s'étonna lady Eleanor.

Le cœur battant, la jeune fille se mit à lire ces lignes :

Ma Liliana adorée,

Voici une bonne nouvelle ! Je vais pouvoir rentrer plus tôt que prévu. J'ai déjà retenu mon billet à bord du Victorieux, *qui, si tout se passe bien, arrivera à Southampton le 24 janvier.*

Si vous pouviez vous arranger pour venir m'attendre sur le quai, je serais le plus heureux des hommes.

Je vous aime, je vous embrasse, et je vous adore…

Soudain devenue toute pâle, la jeune fille laissa tomber la lettre à ses pieds.

— Mon Dieu ! s'exclama-t-elle en portant la main à son cœur.

— Que se passe-t-il ?

— James revient le 24. Dans une semaine…

Lady Parker examina sa fille d'un air soupçonneux.

— Et, comme je le craignais, tu ne lui as encore rien dit.

Liliana baissa la tête.

— Non, avoua-t-elle avant d'éclater en sanglots.

— Écris-lui immédiatement, ma chérie. Il faut qu'il trouve ta lettre dès son arrivée au château de Sherborne.

Pensive, lady Eleanor poursuivit :

— Je sais bien qu'il n'y avait rien d'officiel entre vous.

— C'est-à-dire que… que…

Les larmes de la jeune fille redoublèrent.

« À quoi bon garder le secret, maintenant ? » se demanda-t-elle.

— C'est-à-dire ? interrogea sa mère.

— Nous nous étions promis, dès son retour, d'annoncer nos fiançailles et de nous marier dans les plus brefs délais, déclara Liliana entre deux sanglots.

Avec désespoir, elle s'écria :

— Puis j'ai été obligée d'épouser lord Farringdon ! Que pouvais-je faire d'autre, mère ? Il m'a mis le marché en main.

— Un marché ? Comment cela ?

— Si je refusais de devenir sa femme, il communiquait aux journalistes toutes les informations concernant l'arrestation de mon père. Ç'aurait été le déshonneur pour nous tous.

— Mon Dieu ! s'exclama lady Eleanor. Tu t'es sacrifiée pour ton père. Et je crains fort qu'il ne se doute de rien.

— À quoi bon lui ouvrir les yeux ? Cela ne servirait à rien, sinon à le rendre malheureux.

— Malheureuse ? Tu l'es bien, toi.

Lady Parker s'essuya les yeux.

— Et moi aussi. Oh, ma pauvre enfant !

Le lendemain, lord Farringdon apprit à Liliana qu'il souhaitait l'emmener à Londres pour qu'elle visite son hôtel particulier et choisisse sa robe de mariée.

— Je peux très bien la faire confectionner ici.

— Non, non. Je tiens à ce que ma future femme s'habille dans les boutiques élégantes de Bond Street.

Prévenant les objections de la jeune fille, il ajouta :

— Votre mère vous accompagnera – avec sa femme de chambre, naturellement. Et comme j'ai décidé que Mme Lock viendrait aussi, vous n'aurez pas moins de deux chaperons.

« J'ai décidé, j'ai décidé… Monsieur commande et nous n'avons qu'à obéir. Je n'aurai donc plus jamais de liberté ? »

Elle avait envie de se révolter. Mais ne savait-elle pas, déjà, que c'était inutile ? Lord Farringdon la maintenait sous sa férule et il en serait ainsi jusqu'à sa mort.

« À moins que je ne mette fin à ma vie avant, pensa-t-elle avec désespoir. Étant donné ce qui m'attend, ce serait peut-être le plus sage. »

— Je profiterai de ce séjour à Londres pour organiser notre voyage de noces, reprit-il. Nous irons à Venise.

Venise où, justement, elle avait rêvé de se rendre avec James de Sherborne !

— Quant à vous, ma chère, vous irez consulter un médecin.

— Quelle idée ! Je ne suis pas malade.

— Vous êtes jeune et en bonne santé, c'est certain. Mais je tiens à m'assurer que vous pourrez porter mes enfants.

À cette pensée, la jeune fille se sentit envahie d'horreur. Elle ? Avoir les enfants de l'homme dont la seule vue l'emplissait de dégoût ?

Liliana, sa mère et la fidèle Antoinette s'étaient installées depuis déjà deux jours dans l'hôtel particulier de lord Farringdon, à Londres.

Cette demeure sombre paraissait aussi déprimante à la jeune fille que la grande maison à la campagne dont son futur époux semblait si fier.

Au lieu de laisser la jeune fille aller faire ses achats à Bond Street, George Farringdon demanda à la directrice de l'une des boutiques les plus en vogue d'envoyer une employée avec quelques échantillons de tissu.

Devinant que la future lady Farringdon deviendrait probablement l'une de ses meilleures clientes, la directrice était aussitôt arrivée, avec des croquis représentant des modèles de robe de mariée. Puis elle avait montré à Liliana des métrages de soie, de moire, de damas ou de satin.

— Dites-moi ce qui vous tente, mademoiselle,

Le cœur lourd, Liliana contemplait ces étoffes d'une blancheur éblouissante.

— Je ne sais pas… murmura-t-elle enfin.

— Voyons, fais un effort, ma chère enfant, lui dit sa mère. Tout ceci est bien joli.

Lord Farringdon voulut à ce moment-là entrer dans le boudoir. Outragée, Mme Lock lui en barra la porte.

— Vous ne devez pas voir la robe de la mariée avant la cérémonie. Cela porte malheur.

— Peuh ! Je ne crois pas à de telles superstitions. D'autant plus que la robe de mariée est loin d'être confectionnée.

— Quand même, il y a certaines coutumes à respecter. Non, non, milord, vous n'entrerez pas.

Lord Farringdon éclata de rire avant de battre en retraite.

« La terrible Mme Lock est donc la seule à avoir barre sur lui ? » s'étonna Liliana.

Le 24 janvier approchait… et la jeune fille n'avait pas encore trouvé la force d'écrire au comte.

Une fois le choix d'un modèle et d'un tissu arrêté – choix auquel sa mère et Mme Lock avaient été les seules à participer –, la jeune fille monta dans sa chambre et prit enfin la plume.

Mon cher James,

J'ai de bien tristes nouvelles à vous annoncer. Tout d'abord, sachez que, par le plus grand des hasards, j'ai fait la connaissance d'un certain lord Farringdon alors que je prenais le thé avec le marquis et la marquise d'Aldenham, au Royal Hôtel.

Dès le premier instant, cet homme m'a été antipathique. Je pensais ne jamais avoir l'occasion de le revoir, mais le malheur a voulu que je le retrouve au bal du duc et de la duchesse de Harndean, auquel je m'étais rendue en compagnie de mon amie Élisabeth de Swinton. Et figurez-vous qu'après m'avoir fait danser une fois, il m'a ensuite demandé de l'épouser. Bien entendu, j'ai refusé.

Il s'est alors fâché en jurant que je serais à lui. « Je ne recule devant rien pour obtenir ce que je désire, m'a-t-il dit. Pour cela, tous les moyens me sont bons. Je vous veux ? Je vous aurai. »

Secouée par sa réaction, j'ai quitté la soirée et suis rentrée chez lady Vicky, la tante d'Élisabeth. Figurez-vous que deux policiers m'attendaient…

Elle continua à lui raconter les événements dans le détail. Et elle termina sa lettre par ces mots :

Je me trouve en ce moment avec ma mère dans l'hôtel particulier de lord Farringdon, à Park Street. Si un miracle ne survient pas, le mariage sera célébré à la Chandeleur.

Je suis horriblement malheureuse et ne vois pas d'échappatoire possible. Je vous en supplie, mon amour, venez à mon secours !

Je vous aime et je vous aimerai jusqu'à mon dernier souffle,

Liliana

Après avoir relu sa lettre, elle la glissa dans une enveloppe qu'elle scella.

Soudain, elle se sentit un peu moins déprimée.

« Dès que James comprendra que je me débats dans une situation inextricable, il s'arrangera pour me sauver », se dit-elle avec confiance.

Puis elle fit appeler Antoinette, la femme de chambre de sa mère.

— Antoinette, pourrez-vous mettre cela à la poste, s'il vous plaît ? C'est urgent.

— Très bien, mademoiselle Liliana.

Le Victorieux n'était plus qu'à quelques milles du port de Southampton.

Le comte de Sherborne contempla une dernière fois la bague de fiançailles qu'il avait achetée à Bombay : un diamant de la plus belle eau entouré de saphirs de Ceylan.

Comme il avait hâte de passer cet anneau au doigt de Liliana ! Déjà, il imaginait sa surprise, son sourire… Puis elle se jetterait dans ses bras et ils échangeraient le plus doux des baisers.

Ensuite, il lui raconterait son séjour aux Indes.

« Je peux me féliciter d'avoir réussi à mener à bien la difficile mission dont la reine m'avait chargé, pensa-t-il. En fin de compte, tout s'est bien passé. À l'exception d'un incident déplaisant… »

C'était le fameux soir où lady Marlow lui avait fait part des tendres sentiments qu'elle nourrissait à son égard. Il était alors tombé des nues. Il s'attendait si peu à cela de la part de cette veuve plus âgée que lui !

Bien entendu, il l'avait découragée le plus gentiment possible. Mais cela avait représenté un moment fort déplaisant.

Enfin, tout cela était du passé. Seul comptait l'avenir. Un avenir qui ne pourrait être que radieux en compagnie de Liliana, au château de Sherborne...

Lentement, le grand paquebot se rangea le long de la jetée. Accoudé au bastingage, James scrutait la foule qui se pressait sur le quai. Le soleil avait légèrement décoloré ses mèches sombres qui volaient dans le vent, encadrant son beau visage hâlé.

Mais où était Liliana ?

« Je ne la vois pas. Il faut dire qu'il y a tant de monde... »

Un quart d'heure plus tard, il dut se rendre à l'évidence : la jeune fille n'était pas venue à Southampton.

Il descendit enfin la passerelle.

— Milord !

Fentiman, son valet, se frayait difficilement un passage vers lui.

— Avez-vous fait bon voyage, milord ?

— Excellent, merci. Mlle Parker est-elle avec vous ?

Le visage du domestique s'assombrit.

— Non, milord.

— Ah, bon ? Je suppose qu'elle est venue avec l'une des voitures de son père.

— Cela m'étonnerait, milord.

— Pourquoi dites-vous cela, Fentiman ?

— Parce que... euh, parce que je suis arrivé depuis déjà un certain temps et que je ne l'ai pas vue.

— Elle a dû être retardée. Attendons-la.

— Je ne pense pas que vous la verrez, milord. Je crois que... que des problèmes familiaux l'ont beaucoup absorbée ces derniers temps.

— Des problèmes ? Serait-elle souffrante ?

— Pas que je sache, milord.

Le comte ne posa pas d'autres questions à son valet. Mais il trouvait tout cela bien bizarre...

« J'étais absolument sûr qu'elle serait là, à l'arrivée du *Victorieux*. Quelle déception ! »

Bien vite, il se rasséréna. Il y avait sûrement une explication à l'absence de la jeune fille.

Le crépuscule tombait quand la voiture monta la longue allée qui menait au château de Sherborne. En voyant de la lumière aux fenêtres du grand salon, le comte hocha la tête d'un air satisfait. Avant son départ, il avait fait mettre l'électricité dans plusieurs des pièces du rez-de-chaussée. Il s'était plusieurs fois demandé si l'installation avait tenu. Comme l'expérience semblait concluante, il ne lui restait plus qu'à équiper tout le reste du château.

Sa mère vint à sa rencontre dans le grand hall, les bras tendus. Avec ses cheveux blancs, son élégante robe en velours gris et son discret collier de diamants, la comtesse douairière avait toujours beaucoup d'allure.

— Te voilà enfin, mon cher enfant, fit-elle avec émotion.

Après l'avoir embrassé, elle recula de quelques pas pour mieux le contempler.

— Tu es si beau !

— Peuh !

— Parle-moi des Indes.

— Je vous raconterai mon voyage en détail, mère. Pour le moment, une chose me tracasse…

— Oui, mon cher enfant ?

— J'avais écrit à Liliana Parker en précisant la date de mon retour. J'espérais qu'elle viendrait m'attendre à Southampton…

Sa mère soupira.

— Allons au salon.

À regret, elle ajouta :

— J'ai de mauvaises nouvelles à t'apprendre.

James, dont l'inquiétude allait croissant, la suivit au salon. S'approchant de la table où étaient disposés les alcools et les liqueurs, il demanda :

— Que puis-je vous offrir, mère ?

— Rien, merci.

Le comte s'empara de la première bouteille qui lui tomba sous la main – c'était de l'armagnac – et se servit largement. Puis il vint s'asseoir en face de sa mère, qui avait pris place dans un fauteuil près de la cheminée où crépitait un grand feu.

— Alors ?

De nouveau, la comtesse douairière soupira.

— Tu as été absent pendant presque un an. C'est long pour une jeune fille de l'âge de Liliana.

— Elle avait promis de m'attendre.

— Honnêtement, je ne sais comment t'annoncer cela… Je voudrais adoucir le choc, cela me semble impossible.

Elle prit une profonde inspiration avant de déclarer d'un trait :

— Liliana est fiancée.

Le comte pâlit sous son bronzage.

— Fiancée !

— Le mariage doit avoir lieu le mois prochain.

— Je ne peux pas le croire, fit-il d'une voix blanche.

— J'ai gardé un exemplaire du *Times* annonçant ses fiançailles avec lord Farringdon.

Elle alla chercher un journal et lui montra, dans la rubrique du *Carnet du Jour*, quelques lignes qu'elle avait encadrées au crayon rouge.

Le visage impénétrable, le comte lut ceci :

On nous prie d'annoncer les fiançailles de lord George Farringdon avec Mlle Liliana Parker, la fille de sir William Parker, membre du Parlement. Le mariage aura lieu à la Chandeleur.

Avec brusquerie, il jeta *The Times* sur la table.

— Ce n'est pas possible ! répéta-t-il. Nous nous étions promis l'un à l'autre avant mon départ, elle avait promis de m'épouser et… et maintenant… ceci ?

— Des fiançailles secrètes ? Que signifie ceci ? Et, surtout, quelle valeur peut avoir un tel engagement ? Je ne te comprends pas, James. Pourquoi n'avez-vous pas annoncé votre intention de vous marier ? Quand je pense que tu ne m'en as même pas parlé. Lui as-tu seulement offert une bague ? As-tu demandé sa main à son père ?

Le comte baissa la tête.

— Non. Je craignais que des fiançailles officielles n'interfèrent avec ma mission.

— Quelle idée !

— Je ne voulais pas de fiançailles à la sauvette, juste avant mon départ, déclara-t-il, le visage dur. Il me semblait plus simple d'organiser tout cela à mon retour.

— Eh bien… bravo ! fit seulement la comtesse douairière, avec une infinie amertume.

Antoinette avait glissé dans la poche de son tablier la lettre que lui avait confiée Liliana.

« J'irai tout à l'heure à la poste, se dit-elle. Pour le moment, il faut que je repasse la robe que milady portera ce soir. »

Elle se trouvait dans la lingerie, un fer à la main, quand Mary, une jeune femme de chambre débutante, y fit son entrée.

— Mme Lock m'a chargée d'acheter cinquante mètres de ruban de satin blanc comme ceux que l'on emploie pour fermer les sacs de linge. De quelle largeur sont-ils ? Je n'en ai aucune idée.

Antoinette lui montra une pile de sacs pliés.

— Enlevez l'un des rubans, vous n'aurez qu'à le remettre après.

La jeune fille s'exécuta.

— Mme Lock est tellement sévère ! Elle me fait peur.

— Bah ! Si vous effectuez correctement les tâches dont elle vous charge, vous n'aurez pas d'ennuis.

— Je fais de mon mieux, mais elle n'est jamais contente. Bon, je vais à la mercerie acheter tout un rouleau de ce modèle. Mme Lock en aura assez pour au moins dix ans.

— Si vous allez à la mercerie, vous passerez devant la poste ?

— Forcément.

Antoinette sortit de sa poche l'enveloppe que lui avait remise Liliana un peu plus tôt.

— Cela ne vous ennuie pas de glisser ceci dans la boîte ?

— Non, pas du tout, madame Antoinette.

— Merci beaucoup. Cela m'évitera de sortir.

Mary partit en chantonnant, la lettre dans une main, l'échantillon de ruban dans l'autre.

Au moment où elle s'apprêtait à sortir dans la rue par la porte de service, Mme Lock l'arrêta.

— Où allez-vous ? demanda-t-elle avec sévérité.

— Ben… à la mercerie, pour acheter du ruban.

— Et cette lettre ?

— Oh, c'est Mme Antoinette qui m'a chargée de la mettre à la poste au passage.

Mme Lock s'empara de l'enveloppe et lut la suscription.

— Comte James de Sherborne, château de Sherborne…

La retournant, elle vérifia l'adresse de l'expéditeur.

— Mlle Liliane Parker !

Alors une lueur méchante passa dans ses petits yeux durs.

— Par exemple ! La fiancée de milord écrit à un monsieur !

Elle croisa les bras.

— Qui vous a permis, mademoiselle, de poster du courrier pour Mlle Parker ?

Mary parut se rétrécir.

— Mme Antoinette m'a demandé de lui rendre un petit service. Je… je n'ai pas pensé à mal…

Mme Lock leva la main et, avec violence, gifla la jeune fille.

— La prochaine fois, vous réfléchirez avant d'obéir aux ordres de personnes qui n'ont aucun droit de vous en donner.

Mary se mit à pleurer en portant la main à sa joue où restaient marqués les cinq doigts de Mme Lock. Celle-ci la frappa sur l'autre joue.

— Voilà pour faire bonne mesure. J'espère que la leçon est comprise. Maintenant, allez acheter votre ruban. Quant à moi, je vais porter cette lettre à qui de droit.

Sans la moindre hésitation, lord Farringdon décacheta l'enveloppe que venait de lui remettre Mme Lock et déplia les deux feuillets dans lesquels Liliana racontait ses malheurs au comte de Sherborne.

Tout en lisant, il devint très pâle, puis très rouge, presque violet, tandis que ses yeux globuleux paraissaient sur le point de sortir de leurs orbites. Enfin, il se mit à jurer.

— La petite garce ! Elle me le paiera !

Et, aussi vite que le lui permettaient ses jambes, il gravit l'escalier.

Liliana ne put s'empêcher de trembler en voyant son expression furibonde quand il apparut sur le seuil du boudoir qui séparait sa chambre de celle de sa mère.

Il adressa un coup d'œil peu amène à lady Parker.

— Laissez-nous, s'il vous plaît. J'ai besoin de m'entretenir avec ma fiancée.

Lady Eleanor se leva.

— Bien.

Une fois seul avec Liliana, George Farringdon brandit la fameuse lettre.

— Que signifie ceci ? interrogea-t-il avec rage.

Liliana retint sa respiration. Comment avait-il réussi à mettre la main sur la missive qu'elle avait confiée à Antoinette ?

Furieux, il lança :

— Quoi, vous en aimez un autre ? Eh bien, mademoiselle, sachez que vous ne le reverrez jamais, pas plus qu'aucun de vos anciens amis.

— Je… euh, je…

— Épargnez-moi vos discours mensongers, s'il vous plaît.

Il brandit les feuillets couverts de l'élégante écriture de la jeune fille.

— Je sais tout, maintenant. Et je m'arrangerai pour que vous n'ayez jamais l'occasion de communiquer avec qui que ce soit. Dorénavant, je vous interdis de sortir, sinon avec moi ou, éventuellement, avec Mme Lock.

— Ma mère…

— Je n'ai pas plus confiance en votre mère qu'en sa femme de chambre à l'air insolent.

Il donna un violent coup de canne sur une commode, faisant du même coup choir un vase en porcelaine qui se brisa en mille morceaux.

— Vous ne quitterez plus cette maison sans mon autorisation. Est-ce compris ?

Elle réussit à lui tenir tête.

— Vous allez me garder prisonnière ?

— Appelez cela comme vous voulez. Je surveille ce qui m'appartient.

— Ce qui vous appartient ! répéta-t-elle, choquée. Vous me considérez donc comme… comme un meuble ?

— Je vous considère comme une petite rebelle qu'il faut dompter.

La colère saisit la jeune fille.

— Et si je me rebellais pour de bon ?

C'était la première fois qu'elle lui parlait sur ce ton. Loin de se laisser impressionner, il se mit à ricaner. Puis il la toisa d'un air méprisant.

— Pour aller retrouver votre « cher James » ? Savez-vous ce qui se passera, alors ? Votre père retrouvera sa prison. Et dès le lendemain, toutes les premières pages des journaux seront consacrées à cette affaire.

— Vous m'aviez dit que tout était arrangé, que le prince Nicolaï Vaslaski s'était enfui en Russie, que…

— Cela n'empêche pas que les charges contre votre père demeurent, coupa-t-il. Le commissaire qui l'a arrêté serait enchanté, grâce à un coup d'éclat de ce genre, de pouvoir enfin obtenir la promotion qu'il guigne.

D'un ton qui claqua comme un coup de fouet, il conclut :

— Méfiez-vous, ma belle. J'ai toutes les cartes en main. C'est moi qui tire les ficelles et vous danserez à mon rythme, que cela vous plaise ou pas.

Là-dessus, il sortit en claquant violemment la porte. Liliana entendit son pas claudicant s'éloigner dans le couloir.

Sur ces entrefaites, lady Parker entrouvrit la porte.

— Il est parti ? chuchota-t-elle. Que se passe-t-il ?

La jeune fille baissa la tête.

— Il m'a interdit de sortir d'ici, à moins que ce ne soit avec lui ou Mme Lock.

— Ou avec moi, je suppose !

— Non. Même pas. Me voilà pratiquement prisonnière ici.

Sur ces mots, Liliana courut s'enfermer dans sa chambre, se jeta sur son lit et se mit à pleurer.

6

Liliana resta enfermée dans sa chambre toute la journée. Le soir, prétextant une migraine, elle refusa de descendre dans la salle à manger.

— Tu aurais pu venir dîner, lui dit sa mère en lui apportant un verre de lait chaud. Lord Farringdon est sorti après m'avoir annoncé que ma présence n'était plus nécessaire à Londres et que, désormais, Mme Lock te chaperonnerait.

— Vous allez partir ?

— Comme je ne veux pas m'imposer dans une maison où je ne me sens pas la bienvenue, il ne me reste plus qu'à rentrer au manoir.

Lady Parker examina sa fille avec inquiétude.

— Tu as une mine épouvantable.

— Vous voudriez que j'irradie de bonheur ? demanda la jeune fille avec une ironie amère.

Liliane ne trouvait même plus la force de pleurer.

— J'ai essayé de prévenir James, en espérant qu'il pourrait peut-être trouver une solution et me sauver du terrible destin qui m'attend. Mais il a réussi à intercepter ma lettre. C'est pour cela qu'il est venu me faire une scène.

Lady Eleanor n'eut même pas besoin de lui demander qui était ce « il ».

Avec désespoir, la jeune fille s'écria :

— Et maintenant, vous allez partir ? Vous allez me laisser toute seule avec lui et cette Mme Lock qui me déteste et ne cesse de m'espionner ?

Lady Parker tenta de calmer sa fille.

— Je crois que le frère de lord Farringdon est attendu dans les jours à venir. Il mettra un peu de vie dans cette maison sinistre.

— Une maison sinistre... Vous le reconnaissez vous-même, fit Liliana avec amertume.

Lady Parker put seulement soupirer en guise de réponse. Elle avait bien du mal à retenir ses larmes.

— Tout cela, c'est la faute de ton père, murmura-t-elle. Il a perdu une fortune dans des investissements douteux. Puis il s'est lié avec des gens bizarres... dont ce Russe qui a fait son malheur.

— Et le mien.

— Ma pauvre enfant, répéta lady Eleanor.

Après cela, une morne routine s'installa dans la demeure de lord Farringdon.

Liliana demeurait enfermée du matin au soir dans cette maison triste et sombre. Elle ne pouvait la quitter qu'accompagnée par son fiancé ou Mme Lock. C'était tout juste si ceux-ci lui laissaient le droit de sortir faire le tour de l'étroit jardin entouré de hauts murs.

Grâce au ciel, la bibliothèque de lord Farringdon était bien fournie, ce qui était surprenant pour un homme qui n'ouvrait jamais un livre. Et il recevait tous les matins *The Times*, que Liliana parcourait de la première à la dernière page.

Mme Lock l'avait conduite deux ou trois fois à Bond Street pour essayer sa robe de mariée. Une épreuve dont elle se serait bien passée !

À cinq heures de l'après-midi, lord Farringdon l'emmenait dans un salon de thé tout proche. Sans jamais lui demander son avis, il commandait des gâteaux au chocolat et au gingembre. Puis ils rentraient...

« Ce sera donc cela, ma vie ? se demandait Liliana avec horreur. Mais je vais périr d'ennui ! »

Souvent, lord Farringdon cherchait à lui caresser le cou ou le genou. Elle reculait, horrifiée. Alors il ricanait.

— Tu ne perds rien pour attendre, petite garce, marmonnait-il entre ses dents, persuadé que la jeune fille ne pouvait pas l'entendre.

Hélas, elle avait l'oreille fine !

Prendre le thé avec lord Farringdon, c'était une chose. Mais à la pensée qu'elle devrait partager son lit, le soir même de leurs noces, un dégoût intense la submergeait.

« Je ne pourrai jamais, pensait-elle avec désespoir. Oui, plutôt mourir. »

Lady Parker était partie avec sa fidèle Antoinette. Et Andrew arriva quelques jours plus tard.

— Mon associé s'occupe de la galerie pendant que je viens prendre le bon air de Londres, dit-il en riant. Et il faudra bien que je sois présent au mariage de mon grand frère !

Lord Farringdon était de nouveau absent. Ce dont Liliana ne se plaignait pas.

« Si seulement je pouvais ne jamais le revoir ! » se disait-elle.

— Mon frère est sorti, vous laissant là à vous ennuyer ? s'étonna Andrew.

— Je ne m'ennuie pas : je lis.

— Vous avez l'air triste.

D'instinct, elle savait pouvoir lui faire confiance. Aussi, ce fut sans hésiter qu'elle lui expliqua franchement quelle était sa situation.

— Votre frère m'a interdit de sortir. Il a renvoyé ma mère à la campagne et... et je me sens très seule.

Après un silence, elle ajouta :

— Je n'ai plus le droit d'écrire à qui que ce soit sans lui faire lire mes lettres avant de les expédier.

Andrew fronça les sourcils.

— Je sais que mon frère est très jaloux. Il faut dire que c'est un peu normal quand on a une aussi charmante fiancée...

À ce compliment inattendu, elle devint écarlate.

— Ne rougissez pas, lui dit-il gentiment. Je parle surtout en amateur d'art. J'apprécie les jolies choses... comme les jolies femmes. Et – vous allez être la première à être mise dans la confidence – je me suis récemment fiancé. Voici Hélène, la ravissante Française dont je suis tombé amoureux.

Il lui montra alors la photographie d'une blonde au regard rêveur.

— Comme elle est belle ! s'exclama Liliana avec sincérité.

— Nous nous marierons cet été. J'espère que vous viendrez à Paris pour l'occasion.

— J'aimerais beaucoup cela.

— Vous serez vous-même mariée à ce moment-là.

En voyant la jeune fille retenir un frisson, il fronça de nouveau les sourcils.

— Mon frère a toujours été extrêmement autoritaire. Mais je trouve qu'il se montre trop sévère avec vous.

Pensif, il poursuivit :

— Certes, un homme doit être le maître chez lui. Est-ce une raison pour vous traiter comme il le fait ? Vous êtes jeune et vous avez besoin de disposer d'une certaine liberté – liberté dont vous ne ferez pas mauvais usage, j'en suis persuadé.

— Je déteste me sentir enfermée. Je ne l'ai jamais été de ma vie et cela me semble très dur.

— Il n'est pas question que je prenne votre parti contre votre futur mari. Ce ne serait pas bien. J'estime cependant que George va trop loin.

Après un instant de réflexion, il reprit :

— Si vous avez du courrier personnel à envoyer, n'hésitez pas à me le confier. Je le posterai.

C'était bien tentant ! La jeune fille se méfiait malgré tout. Et s'il s'agissait d'un piège ?

— Vous… vous ne le montrerez pas à votre frère ?

Il parut choqué.

— Pour qui me prenez-vous ?

Il s'approcha de l'un des rayonnages de la bibliothèque.

— Écoutez, chaque fois que vous aurez des lettres à expédier, vous n'aurez qu'à les glisser à la page de garde de ce grand album consacré à la peinture de la Renaissance italienne.

— Est-ce prudent ?

— Tout à fait. Jamais mon frère n'ouvrira un tel ouvrage, vous pouvez en être sûre.

— Merci, lui dit-elle avec reconnaissance. Merci infiniment.

Elle s'empressa de monter dans sa chambre et rédigea à peu près la même missive que celle qu'elle avait tenté de faire parvenir à James. Mais cette fois, elle eut la prudence d'éviter toute protestation d'amour. Et ce fut à la comtesse douairière de Sherborne qu'elle l'adressa.

« Voici mon dernier espoir », pensa-t-elle en scellant l'enveloppe.

Au château de Sherborne, l'atmosphère était bien sombre.

Le comte avait repris la gestion du domaine. Lui que tout le monde avait connu si chaleureux et si attentif était devenu glacial, presque cassant. Le visage fermé, s'exprimant par monosyllabes, il semblait méconnaissable. Les domestiques le craignaient, tout comme les fermiers.

— Fais un effort, mon cher enfant, le suppliait sa mère. Montre-toi un peu plus aimable.

En guise de réponse, il lui adressait un regard dur.

Un matin, n'y tenant plus, il déclara :

— Je vais aller voir lady Parker.

La douairière soupira.

— Crois-tu que ce soit sage ?

— J'ai besoin d'une explication. Je ne parviens pas à comprendre pourquoi Liliane a agi ainsi.

— Cela paraît pourtant simple : tu étais loin, elle est tombée amoureuse d'un autre...

— Je ne peux pas le croire.

— Va au manoir des Étangs si tu veux... mais ne sois pas étonné si lady Parker te dit que tout cela ne te regarde pas. Après tout, je suppose qu'elle n'était pas plus que moi au courant de cette histoire de fiançailles secrètes ?

— Probablement pas.

— Espérons qu'elle t'apprendra ce qui s'est passé, et que cela te permettra d'oublier Liliana.

— L'oublier !

— Moi, tout ce que je demande, c'est que tu redeviennes comme avant. Un homme aimable et souriant que tout le monde trouvait sympathique.

— Croyez-vous que je sois d'humeur à sourire ?

Sans se laisser décontenancer, la comtesse douairière poursuivit :

— Avec un peu de chance, tu rencontreras un jour une autre jeune fille, tu tomberas de nouveau amoureux et tu…

— Pour moi, il n'y aura jamais que Liliana.

La comtesse aurait pu continuer à tenter de le ramener à la raison. Mais le moment lui semblait mal choisi pour le rappeler à son devoir.

« Un jour, il faudra bien qu'il ait un fils pour perpétuer la lignée, se dit-elle. Sinon, qui héritera du titre et des domaines ? Jonathan, ce lointain cousin que j'ai toujours trouvé si déplaisant. Il faut à tout prix éviter cela. »

Holmes, le majordome des Parker, ne s'attendait guère à voir le comte de Sherborne sur le seuil du manoir des Étangs. Mais il était trop stylé pour manifester sa surprise.

— Pouvez-vous m'annoncer à lady Parker, s'il vous plaît ? lui demanda le comte.

— Si vous voulez bien attendre au salon, milord, je vais voir si milady peut vous recevoir.

— Merci.

Une fois au salon, le comte se mit à faire les cent pas comme un animal en cage. Rien n'était changé dans cette grande pièce claire aux rideaux en soie vieil or. Les tableaux anciens étaient toujours suspendus au même endroit, et la pendule en marbre blanc incrusté de bronze doré tictaquait sur la cheminée.

Lady Parker le rejoignit quelques minutes plus tard. Il s'inclina tandis qu'elle lui tendait la main.

— Cela me fait plaisir de vous voir, James, lui dit-elle.

Avec un petit sourire triste, elle ajouta :

— J'avoue cependant que je m'attendais plus ou moins à votre visite.

— Comment va Liliane ? demanda le comte sans autre préambule.

— Je l'ai laissée à Londres. Je suis revenue hier.

— Elle est chez... chez...

Incapable de prononcer le nom de son rival, il laissa sa phrase en suspens. Puis, après avoir pris une profonde inspiration, il déclara d'un trait :

— Je sais qu'elle est fiancée à un autre, alors qu'elle avait promis de m'attendre.

— Liliana s'est retrouvée dans une situation très difficile. Certains facteurs ont pu influencer sa décision.

— Comment cela ?

En choisissant ses mots, lady Eleanor déclara :

— Mon mari a dû faire face à d'énormes problèmes. Il devait trouver une somme importante dans les plus brefs délais. La situation était désespérée. Lord Farringdon est venu à notre secours, et c'est bien grâce à lui que notre famille a été sauvée du...

« Du déshonneur », avait-elle failli dire.

Après quelques instants d'hésitation, elle reprit :

— Grâce à lui, notre famille a évité la ruine.

— Pourquoi ne pas avoir fait appel à moi ? J'aurais pu vous aider financièrement.

— Si vous aviez été à Sherborne, je suis sûre que Liliana se serait immédiatement tournée vers vous. Mais vous étiez au loin. Or il fallait prendre des mesures d'urgence.

— Liliana aime-t-elle ce lord Farringdon ?

— Je ne le crois pas.

— Dieu soit loué ! Il reste donc un peu d'espoir pour qu'elle change d'avis.

— Je crains que ce ne soit pas possible. Sachez que la réputation de mon mari dépend désormais du bon vouloir de lord Farringdon. Tout comme celle de Liliane et la mienne.

— Vous parlez en énigmes.

— Il ne m'appartient pas de vous en dire davantage.

Le comte demeura silencieux. Tout cela lui paraissait fort obscur !

« Qu'a-t-il bien pu se passer ? Pour que Liliana trahisse la promesse qu'elle m'avait faite pour donner sa parole à un autre, il a fallu une raison grave. Et sa mère qui ne veut rien me dire… Honnêtement, je ne comprends pas. À moins que sir William n'ait commis un meurtre ou un crime de haute trahison ? Ce qui semble absolument impossible… »

À voix haute, il demanda :

— Liliana m'aime-t-elle encore ?

— Je le pense.

— Il y a donc encore de l'espoir, insista le comte.

— Si vous l'aimiez, pourquoi n'avez-vous pas demandé sa main officiellement avant de partir aux Indes ? La situation aurait été beaucoup plus claire.

— Nous nous sommes fiancés secrètement.

Il jura entre ses dents.

— Tout est ma faute, je m'en rends compte maintenant. Nous aurions dû annoncer nos fiançailles au printemps dernier.

— Comme cela n'a pas été fait, Liliana semblait totalement libre aux yeux du monde… comme à ceux de lord Farringdon.

— Elle aurait pu lui dire que son cœur était promis à un autre.

— C'est ce qu'elle a fait. Mais il ne l'a pas crue. Et la pauvre enfant s'est retrouvée piégée dans une situation qui la dépassait complètement.

Le comte jura de nouveau.

— Oui, tout est ma faute.

James, assis à son bureau, était en train d'écrire quand Grimm, le majordome du château de Sherborne, fit son entrée.

— Une dame demande à vous voir, milord.

Le comte se leva d'un bond.

— Liliana !

Grimm, presque choqué par la réaction de son maître, secoua la tête.

— Non, milord. Une dame qui n'a pas voulu donner son nom.

Le comte se rassit et reprit sa plume.

— Je ne suis là pour personne.

— Bien, milord.

Grimm revint dix minutes plus tard.

— Je suis désolé, milord, mais cette dame ne veut rien entendre.

Il tendit au comte une orchidée décolorée que l'on avait séchée entre les pages d'un livre.

— Elle m'a prié de vous remettre ceci.

Le comte contempla cette fleur fanée tandis que, peu à peu, la mémoire lui revenait.

« Seigneur ! pensa-t-il avec exaspération. Elle ? Jamais je n'aurais pu imaginer qu'elle serait capable de venir me relancer jusqu'ici ! »

Il se tourna vers Grimm, qui attendait toujours.

— Très bien, je vais la recevoir.

Lady Marlow commençait à s'impatienter. Sans même songer à admirer les superbes tapisseries anciennes qui décoraient le hall du château, elle se demandait pourquoi ce stupide majordome ne l'avait pas amenée directement auprès de son maître.

Elle vérifia sa tenue dans une glace. Son ensemble de voyage à la coupe parfaite mettait en valeur sa taille de guêpe. Quant à ce chapeau orné d'aigrettes vieux rose, il lui allait à merveille, surtout quand elle le penchait coquettement de côté.

Enfin, Grimm revint.

— Si vous voulez bien me suivre, madame.

Il l'emmena dans le bureau du comte.

— James !

Ce dernier s'inclina sèchement.

— J'étais loin de m'attendre à votre visite, Suzan, dit-il avec froideur.

Elle attendit que le majordome ait refermé la porte pour se jeter à son cou.

— James ! Enfin ! Je viens d'arriver à Southampton. Après un voyage interminable, je suis venue directement ici. Je mourais d'envie de vous revoir.

Il se dégagea.

— Que voulez-vous, Suzan ? Je suis très occupé.

— Quoi ? Trop occupé pour souhaiter la bienvenue à une vieille amie ?

— Une amie, oui. Une simple amie.

— Cela aurait pu être beaucoup plus, James, fit-elle d'un ton doucereux. Et vous le savez.

Elle battit des cils en le contemplant avec adoration.

— Je vous aime...

— Je suis désolé de devoir vous le redire, Suzan, mais moi je ne vous aime pas. Je croyais avoir mis les choses au point lorsque nous étions à Bombay.

— Je ne vous ai pas cru à ce moment-là. Je ne vous crois pas davantage maintenant.

De nouveau, elle battit des cils en faisant la moue.

— Auriez-vous oublié cette nuit merveilleuse au palais de Bholaïpur ?

— Le palais de Bholaïpur est splendide, c'est la vérité.

— Vous m'aviez embrassée !

— Pas du tout.

— Vous m'aviez embrassée, répéta-t-elle avec véhémence.

Le comte se trouva alors dans l'obligation de mettre les choses au point.

— Permettez-moi de vous rafraîchir la mémoire. Que s'est-il passé exactement au palais de Bholaïpur ? Vous vous êtes jetée sur moi, comme vous venez de le faire maintenant, en pressant vos lèvres sur les miennes. Je regrette de devoir vous le rappeler, mais je n'ai pas répondu à ce baiser.

— Allons, allons ! Vous étiez flatté.

— Un peu, admit-il poliment.

— Ah ! Vous l'admettez !

— Un homme est toujours flatté quand une jolie femme lui témoigne une certaine attention. Mais j'ai mis un point d'honneur à vous dire que je n'étais pas libre.

— Ah, oui ! Où est-elle, cette mystérieuse fiancée ? Je commence à douter de son existence, figurez-vous. Tout d'abord, a-t-elle seulement un nom ?

— Elle s'appelle Liliana Parker. Son père, sir William Parker, est un éminent membre du Parlement.

Lady Marlow poursuivit son interrogatoire.

— Où habite-t-elle ?

— Ses parents possèdent le manoir des Étangs, l'un des domaines jouxtant celui-ci. Mais en ce moment, elle passe…

Il hésita avant d'ajouter :

— … quelques jours à Londres.

— Alors que vous êtes à la campagne ? Cela me semble pour le moins curieux.

De nouveau, elle tenta de se précipiter dans ses bras. Mais il avait prévu ce mouvement et la maintint à distance.

— Oh, James, comme vous m'avez manqué !

Le comte soupira. Il regrettait amèrement d'avoir fait la connaissance de lady Marlow. Jolie, intelligente, élégante... Au début, cette jeune veuve lui avait plu – en tout bien, tout honneur. D'ailleurs, quel homme n'aurait pas ressenti une certaine vanité en se voyant devenu l'objet de tant d'égards de la part d'une femme aussi charmante ?

Il pensait que cela ne dépasserait jamais la simple amitié. Puis, au palais de Bholaïpur, justement, elle s'était littéralement jetée à sa tête. Il avait eu toutes les peines du monde à la repousser et à lui faire comprendre qu'il n'était pas libre.

D'ailleurs, même s'il l'avait été, jamais il n'aurait épousé lady Marlow.

Tout d'abord, elle était plus âgée que lui. Cela, encore, pouvait passer. Mais ce qui lui paraissait totalement rédhibitoire, c'était le mode de vie de cette femme. Une sorte d'aventurière qui – tout le monde était au courant à Bombay – ne comptait plus le nombre de ses amants.

— Suzan, nous sommes amis, ne gâchez pas tout.

— Je vous aime ! Je suis revenue en Angleterre pour vous !

Il tendit la main vers le cordon de sonnette.

— Je vais demander que l'on vous reconduise.

Elle se mit à trépigner.

— Vous me jetez dehors ?

— Comme je vous l'ai déjà dit, j'ai beaucoup à faire. Vous savez qu'il y a une autre femme dans ma vie, et vous avez le front d'insister ? Si vous tenez à notre amitié, ne vous rendez pas ridicule. Quant à moi, j'oublierai cet incident.

Lady Marlow comprit qu'elle avait perdu la partie. Celle-ci, tout au moins. Mais elle n'était pas femme à se déclarer vaincue aussi aisément, et elle avait bien l'intention de revenir à la charge.

Elle posa la main sur le bras du comte.

— À bientôt, mon cher James. N'oubliez jamais que je vous aime.

Sur ces mots, elle sortit.

Exaspéré par cette discussion, le comte se leva et s'approcha de la fenêtre.

La voiture de lady Marlow descendait l'allée au trot cadencé de deux pur-sang bais.

Soudain, sa mère fit irruption dans son bureau.

— James ! James !

La comtesse douairière, d'ordinaire si réservée, paraissait surexcitée.

— Que se passe-t-il, mère ?

— Mon Dieu, si tu savais...

Elle brandit une lettre.

— Je viens de recevoir ceci. C'est Liliana qui m'écrit.

— Liliana ? fit le comte d'une voix blanche.

— Lis ! Lis vite, je t'en supplie ! Tout s'explique !

Le comte s'empara de la lettre et, le visage tendu, parcourut les lignes dans lesquelles la jeune fille narrait sa pitoyable histoire.

— C'est incroyable ! murmura-t-il. Elle s'est sacrifiée pour son père.

— Avait-elle le choix ?

— Il s'agit d'un odieux chantage. Ce lord Farringdon lui a mis un marché en main au moment où elle était le plus vulnérable. Le vil personnage ! Comment a-t-il osé agir ainsi ?

— Tous les hommes ne sont pas aussi droits et intègres que toi, mon enfant.

— Il a refusé de l'écouter quand elle lui a dit que son cœur appartenait à un autre.

— Un autre qui se trouvait bien loin.

— Elle n'était pas libre, il aurait dû le comprendre.

— Il était probablement prêt à tout pour qu'elle soit à lui. Liliana est une très jolie jeune fille. Je comprends qu'elle puisse susciter de telles passions.

La comtesse douairière avait retrouvé sa gravité habituelle.

— Cette situation est fort préoccupante. Sir William Parker a pu échapper au déshonneur cette fois, mais sa réputation ne tient plus qu'à un fil. Il suffirait que ce commissaire de police commette une indiscrétion pour que les journaux s'emparent de l'affaire. Tu sais comment sont certains journalistes. Ils fouinent partout...

— Liliana dit que son père n'a rien fait de mal.

— Les criminels prétendent toujours être innocents.

— Mère ! Sir William n'est pas un criminel.

— Jamais il n'aurait dû se lier d'amitié avec un Russe. Un Russe qui s'est, par la suite, révélé être un espion !

— Une imprudence...

— Ne lui cherche pas d'excuses, coupa lady Sherborne. Il me semble indéfendable.

Avec une soudaine dureté, elle déclara :

— Il ne te reste plus qu'à laisser Liliana devenir lady Farringdon.

— Jamais ! Je suis prêt à tout pour empêcher ce mariage. Si j'en ai le pouvoir, Liliana sera la future comtesse de Sherborne.

La comtesse douairière laissa échapper une exclamation d'horreur.

— Quoi ? Tu veux encore, malgré tout, épouser la fille de sir William ?

— Naturellement.

— Réfléchis, mon cher enfant ! Si son père retourne en prison, s'il est convaincu de haute trahison, notre nom sera éclaboussé par toute cette boue.

— Tant pis. J'aime Liliana et pour elle, je suis prêt à faire face à tout. À ce Farringdon, au déshonneur… Oui, à tout.

La comtesse douairière passa la main sur son front.

— Mon Dieu ! Mon fils ne sait plus ce qu'il dit ! Il est devenu fou !

Le comte se mit à marcher de long en large comme un fauve en cage, tout en réfléchissant à voix haute.

— Il faut absolument empêcher ce mariage. Le temps presse. Comment réussir à contacter Liliana ? Elle se dit prisonnière dans une maison de Park Street… Heureusement, cet Andrew Farringdon ne demande qu'à l'aider.

» Ce qui me semble surprenant. En toute logique, il devrait prendre le parti de son frère.

La mère du comte haussa les épaules.

— Peut-être est-il un peu amoureux d'elle, lui aussi ?

James se laissa tomber dans un fauteuil et se prit la tête entre les mains.

— Mère, je sais bien que le nom de sir William risque d'être sali. En conséquence, celui qui épousera Liliana verra alors son propre nom éclaboussé de boue.

— Ah ! Tu deviens enfin raisonnable !

— Non. J'aime Liliana, je l'aimerais jusqu'à la fin de mes jours et si elle devient la femme d'un autre, je… je mourrai.

Saisie, la comtesse douairière balbutia :

— Tu… tu…

— Je mourrai, mère. Liliana représente tout pour moi. Sans elle, où trouverai-je le courage de vivre ?

La comtesse mesura enfin la puissance de l'amour que son fils portait à leur jeune voisine. Elle comprit que rien ni personne ne pouvait aller contre.

— Mon Dieu, que faire ? s'écria James.

Après avoir laissé échapper un profond soupir, lady Sherborne s'efforça, au prix d'un visible effort, de mettre de côté ses principes.

— J'ai une idée, fit-elle sans le moindre enthousiasme. Une idée tellement extravagante que je me demande comment elle a pu germer dans mon esprit…

— Dites vite, mère !

— Dans sa lettre, Liliana dit que son fiancé lui permet de sortir tous les matins en voiture pour une promenade dans Hyde Park. Je pourrais, moi aussi, aller m'y promener en voiture et la rencontrer… par hasard, prétendrons-nous.

— Elle est toujours accompagnée par un chaperon, objecta James.

— Oui, j'ai lu cela, moi aussi. Et alors ? Qu'y a-t-il de plus anodin qu'une dame saluant une autre dans un parc ?

— Soit. Mais même si vous parvenez à lui parler, cela nous avance à quoi ?

— Quand tu étais enfant, tu as toujours adoré te déguiser. Si tu endossais une livrée de cocher, tu pourrais accompagner Beech, parler à Liliana…

— Et m'enfuir avec elle ?

— Son chaperon et le cocher pousseraient de hauts cris. Cela créerait un scandale et n'aurait qu'un résultat : celui d'empirer les choses.

Elle secoua la tête.

— Non, non. Il faut mettre au point un plan beaucoup plus subtil si tu veux l'enlever.

— Si j'y parviens, je l'épouserai aussitôt.

La comtesse parut soucieuse.

— Lord Farringdon est capable de porter plainte et de te causer beaucoup d'ennuis. Après tout, elle a promis de l'épouser...

— Nous partirons pour l'étranger. Pourquoi pas en Amérique ? Mes cousins de Boston m'invitent toujours là-bas.

James reprenait espoir.

— Nous resterions là-bas pendant un an ou deux, le temps que le scandale s'apaise et qu'un autre survienne pour occuper les commères. Et après avoir laissé couler suffisamment d'eau sous les ponts, nous rentrerons discrètement en Angleterre.

Soucieux, il interrogea :

— Mais qui s'occupera du domaine et du château pendant mon absence ?

Sa mère haussa les épaules.

— Écoute, le château ne s'est pas écroulé pendant que tu étais aux Indes. Quant au domaine, le régisseur l'a parfaitement administré, que je sache. Les fermiers se sont-ils plaints ?

— Non, admit le comte. Cela signifierait donc que je ne sers à rien ici ?

— Ne dis pas de sottises, mon cher enfant. Pour le quotidien, nous sommes capables de nous arranger, mais tu es le seul à pouvoir envisager de nouvelles réalisations. Tu sais bien que tout le monde a besoin de toi à Sherborne.

La comtesse se remit à réfléchir.

— Comment pourrions-nous emmener Mlle Parker sans que son chaperon ait le moindre soupçon ?

— Il faudrait tout d'abord prévenir Liliana de nos intentions.

— Je sais que son amie Élisabeth de Swinton doit se rendre demain à Londres, dit la comtesse douairière. Je peux la prier de remettre discrètement à son amie une lettre dans laquelle je lui exposerai notre plan.

— Si Farringdon découvre cette lettre...

— C'est un risque à courir, je le reconnais. Élisabeth est aussi vive qu'intelligente. Je lui fais confiance: elle saura s'arranger pour déjouer la surveillance de lord Farringdon.

— Espérons-le. Sinon...

— Ne sois pas défaitiste, mon cher enfant. Tu veux arracher celle que tu aimes des griffes d'un homme auprès duquel elle serait certainement malheureuse ?

— Vous le savez bien, mère.

Avec étonnement, James remarqua:

— Vous avez bien vite changé d'attitude. Il y a un quart d'heure, vous redoutiez par-dessus tout de voir notre nom sali par une alliance avec les Parker. Et maintenant, vous êtes prête à braver les lois pour enlever une jeune fille...

Lady Sherborne esquissa un demi-sourire.

— Peut-être ai-je admis que l'amour devait passer avant tout le reste ? Et qu'il fallait savoir, par moments, faire fi des conventions sociales ?

Le comte alla l'embrasser.

— Mère, vous êtes extraordinaire. Je n'aurais pas pu rêver de meilleure alliée.

— Mettons au point notre plan de bataille. Donc, je vais écrire à Liliana que, tous les jours à partir de mardi, je ferai le tour de Hyde Park dans un phaéton rouge foncé tiré par deux chevaux gris. Avec un peu de chance, nous nous croiserons, nous nous ferons signe, les cochers arrêteront leurs chevaux...

La comtesse hésita.

— Mais après cela, à moins de susciter un scandale, je ne vois pas...

James, soudain ragaillardi, déclara:

— Moi, si. Tout est désormais clair dans mon esprit ! Vous enverrez Beech, notre cocher qui est si séduisant, demander à Liliana de venir vous saluer dans votre voiture, car vos rhumatismes vous empêchent de vous déplacer.

— Mes rhumatismes ? s'écria la comtesse, froissée.

— Mère, il s'agit d'un prétexte. Liliana ira donc vous retrouver sans que son chaperon puisse protester. La fiancée de son maître peut quand même aller échanger quelques mots avec une vieille dame.

— Une vieille dame ? Moi ?

— Vous vous habillerez de noir et vous vous tiendrez courbée comme si vous aviez au moins cinquante ans de plus.

— Soit, fit la comtesse sans beaucoup d'enthousiasme.

Puis elle se mit à rire.

— Nous serons donc tous déguisés.

— Ma foi, oui. Pendant que Liliana montera avec vous dans le phaéton, Beech, dûment chapitré, ira conter fleurette à son chaperon.

— Cette Mme Lock que Liliana trouve si rébarbative ?

— Aucune femme, quel que soit son âge, ne peut résister au sourire de Beech, assura le comte. Toutes les domestiques sont sous son charme. Même Philomène, notre vieille cuisinière !

— Tu m'en apprends, des choses !

— Donc, récapitula le comte, vous êtes avec Liliana dans la voiture, et Beech s'occupe du chaperon. Quant à moi, je fouette les chevaux qui partent au grand trot.

— Et voilà le scandale !

— Pas du tout. Beech se met à pousser de grands cris. « Hé, là ! Cet âne d'apprenti cocher n'a même pas réussi à retenir ces jeunes pur-sang ! » Vous avez peur, vous criez de toute la force de vos poumons, Liliana aussi.

— Pourquoi ?

— Pour que le cocher de Farringdon et cette Mme Lock imaginent que cet incident est entièrement dû au hasard... et à ma prétendue inexpérience. Beech fait mine de se jeter à la poursuite de votre phaéton – une tâche impossible, bien entendu, car j'aurai mis les chevaux au grand galop pour donner l'impression qu'ils s'emballent. Quant à Beech, il continue à courir après nous, mais dès qu'il est hors de vue, il rentre à pied. Personne n'aura eu le temps de l'interroger. Personne ne saura qui était dans le phaéton rouge. Liliana aura disparu comme par enchantement et lord Farringdon n'aura aucun indice pour commencer ses recherches.

— Il ira aussitôt chez les Parker.

— Ceux-ci tomberont des nues. En voyant leur inquiétude, Farringdon comprendra qu'ils ne sont pour rien dans l'étrange volatilisation de leur fille.

— Pour se venger, il est capable de détruire la réputation de sir William, objecta encore la comtesse.

— C'est un risque à courir, je l'admets, fit le comte avec gravité. Cependant, comme les Parker ont tenu leurs engagements, et que la disparition de Liliana demeurera le plus grand des mystères, je pense qu'il se tiendra tranquille. Après tout, il peut s'agir d'un enlèvement crapuleux, de traite des blanches...

— Tu oublies qu'il a intercepté la lettre dans laquelle Liliana te demandait de la sauver.

— Il est possible qu'il vienne ici. Mais Grimm, notre majordome, sera dûment chapitré. Il prétendra qu'il y a déjà plusieurs jours que je suis parti en France.

Avec satisfaction, il conclut :

— Voici notre plan réglé dans tous ses détails. J'épouserai Liliane le jour même, et le lendemain, nous partirons pour l'Amérique.

— Il faudrait tout de même expliquer tout ceci à la principale intéressée.

— Je vais tout de suite lui écrire. Puis je vous confierai ma lettre, que vous remettrez à Élisabeth de Swinton.

— Très bien, mon cher enfant.

La douairière soupira.

— Reste à espérer qu'aucun grain de sable ne viendra gripper la machine.

7

Lord Farringdon avait dû se rendre à la campagne, appelé d'urgence par son régisseur pour régler un problème mineur.

— Pourquoi ne lui laisses-tu pas carte blanche pour s'occuper de ces détails ? lui avait demandé son frère.

— Je tiens à tout surveiller, avait-il rétorqué avec hauteur.

Craignant probablement de laisser Liliana seule en compagnie d'Andrew, il avait emmené ce dernier. Mais la jeune fille ne se sentait pas libre pour autant, car elle demeurait sous la stricte surveillance de Mme Lock.

Les deux hommes revinrent le jour suivant, et Liliana les retrouva à l'heure du déjeuner.

— Votre voyage s'est-il bien passé ? demanda-t-elle poliment à celui qu'elle devait – hélas ! – appeler son fiancé.

— Très bien, merci.

Andrew leva les yeux au ciel.

— Te déplacer pour une banale histoire de clôture, c'est d'un ridicule achevé.

Lord Farringdon, qui était incapable de supporter la moindre critique, devint tout rouge.

— Cette clôture est celle qui sépare mon domaine de celui du marquis d'Aldenham, martela-t-il avec colère. Si je ne m'étais pas occupé de cela, le marquis m'aurait volé plusieurs arpents de bonne terre.

Andrew éclata de rire.

— Le marquis d'Aldenham est un honnête homme. Et le cadastre indique clairement les limites des propriétés. Tu fais un drame à propos de rien.

Cette fois, le visage de lord Farringdon vira au violet. Soudain, il frisait l'apoplexie.

— Allons, ne te fâche pas, fit son frère avec bonne humeur. Cela n'en vaut pas la peine. Pense plutôt à cette jolie rousse qui semblait te trouver à son goût, lorsque nous nous sommes arrêtés à l'auberge de La Tonnelle.

Il mit sa main devant sa bouche.

— Pardon... murmura-t-il en adressant un coup d'œil embarrassé à Liliana.

Oubliant ses problèmes de clôture, lord Farringdon sourit d'un air satisfait. Puis il haussa les épaules.

— C'est plutôt toi qu'elle trouvait à son goût.

— Peuh ! Je crois que tous les messieurs lui plaisent, pour peu qu'ils semblent suffisamment fortunés.

— Étrange personne. Si sûre d'elle et de son charme...

Andrew toussota.

— N'oublions pas que nous sommes devant une demoiselle.

Une lueur méchante passa soudain dans les yeux de George Farringdon.

— Et savez-vous où allait cette jolie rousse, ma chère ? demanda-t-il à Liliana.

Devinant qu'il s'apprêtait à lui faire mal, elle ne répondit pas.

— Au château de Sherborne ! triompha-t-il. Oui, cette lady Marlow allait retrouver le comte de Sherborne, dont elle avait fait la connaissance à Bombay.

La jeune fille eut l'impression de recevoir un coup en pleine poitrine.

Lady Marlow ! La femme dont elle avait été tellement jalouse était donc venue relancer James jusqu'en Angleterre ! Jusque chez lui !

« Je comprends pourquoi il ne s'est pas manifesté. Et sa mère pas davantage... » pensa-t-elle avec désespoir.

Lord Farringdon ricana.

— En ce moment, votre cher James doit être en train de s'amuser avec cette jolie femme peu farouche...

Saisie par une nausée, la jeune fille se leva brusquement, en portant sa serviette à sa bouche.

— Excusez-moi, je... j'ai la migraine.

Et elle sortit, poursuivie par le rire sans pitié de celui dont elle deviendrait bientôt la femme.

« Je voudrais mourir », pensa-t-elle en sanglotant.

En fin d'après-midi, le majordome vint lui annoncer qu'elle avait une visite.

— Mlle de Swinton, précisa-t-il.

Son amie Élisabeth ne l'avait donc pas oubliée ?

La jeune fille s'empressa de descendre. Élisabeth, qui l'attendait dans le hall, jeta un rapide coup d'œil autour d'elle, afin de s'assurer que personne ne la surveillait.

Puis elle glissa une enveloppe dans la poche de son amie, tout en mettant un doigt sur ses lèvres, avant de s'exclamer bien haut et fort :

— Comme je suis contente de te voir, Liliana ! Ta mère m'a appris que tu étais à Londres et...

À ce moment-là, attiré par le bruit, lord Farringdon apparut à la porte de son bureau.

— Que se passe-t-il ici ? gronda-t-il.

— Mon amie Élisabeth de Swinton a eu la gentillesse de venir me saluer, commença Liliana. Elle...

Furieux, lord Farringdon tapa du pied.

— J'ai dit que vous ne deviez voir personne avant notre mariage !

Liliana, qui ne s'attendait guère à cet accès de colère, parut horriblement gênée.

— Vous ne devez voir personne avant notre mariage, répéta lord Farringdon avec rage. M'entendez-vous ?

Stupéfaite, Liliana déclara :

— Mais... je connais Élisabeth depuis toujours. Nous...

— Je me méfie de tout le monde.

Il menaça Liliana du doigt.

— Vous m'avez déjà joué un très vilain tour. Je ne l'ai pas oublié, croyez-moi. En conséquence, j'ai pris toutes mes dispositions pour que cela ne se renouvelle pas.

Il adressa un bref signe de tête à la visiteuse.

— Excusez-moi, mademoiselle. J'ai été obligé, à la suite de certains événements déplaisants, d'adopter des mesures un peu sévères. Mlle Parker a fait tout ce qu'il fallait pour que j'en arrive là, et elle ne peut s'en prendre qu'à elle.

— Je... je suis désolée, balbutia Élisabeth. Je ne savais pas que... que Liliane n'avait plus le droit de voir ses amies.

Lord Farringdon lui adressa un vilain sourire qui découvrit ses dents jaunies.

— Une fois le mariage célébré, vous pourrez reprendre vos relations avec elle, assura-t-il avec magnanimité. Pour le moment, je préfère ne pas courir de risques.

— Je... je ne comprends pas très bien, murmura Élisabeth.

Elle fit la révérence à lord Farringdon avant de courir embrasser son amie.

— Attention à la lettre, lui chuchota-t-elle dans l'oreille. Surtout, ne la montre à personne.

— Que dites-vous ? demanda George Farringdon d'un air soupçonneux.

Elle ouvrit ses grands yeux d'un air naïf.

— Oh ! Rien d'important, seulement que j'espérais pouvoir la revoir bientôt.

— Après le mariage. J'ai dit !

— J'aurais également voulu lui annoncer mes fiançailles avec le vicomte de Drawley.

— Toutes mes félicitations, lança lord Farringdon avec ironie.

Élisabeth lui refit la révérence.

— Merci, milord.

Et, sans rien ajouter, elle partit.

Déconcertée par cette visite inattendue – et redoutant que son fiancé ne découvre la lettre que son amie avait glissée au fond de sa poche –, Liliana demeura au milieu du hall, les bras ballants.

— À peine ai-je le dos tourné que vous en profitez ! grommela lord Farringdon d'un ton plein de reproche.

— Comment aurais-je pu deviner qu'Élisabeth allait me rendre visite ?

Il haussa les épaules.

— Peuh !

Là-dessus, il retourna dans son bureau, dont il claqua violemment la porte.

Liliana courut se réfugier dans sa chambre. Pour être sûre de ne pas être dérangée, elle s'enferma dans son cabinet de toilette et décacheta la lettre de deux pages dans laquelle James lui exposait en détail le plan qu'il avait élaboré avec sa mère.

La jeune fille embrassa ces lignes avec transport.

« Il reste donc un petit espoir pour que j'échappe à l'horrible sort qui m'attend ? »

Elle relut plusieurs fois la lettre. Puis, consciente des risques qu'elle courait en la gardant, elle la jeta dans la cheminée et attendit que les flammes dévorent les feuillets dont il ne resta bientôt plus que des cendres.

Tout en contemplant les braises, elle murmura :

— Oh, James ! Vous allez donc tout tenter pour me sauver ?

Soudain, elle se raidit. Elle n'avait pas oublié les propos malveillants de lord Farringdon. Elle crut même entendre ses ricanements.

— En ce moment, votre cher James doit s'amuser avec cette jolie femme peu farouche…

Était-il possible que lady Marlow ait suivi le comte jusqu'en Angleterre ? Qu'elle soit allée le retrouver au château de Sherborne ? Ou bien s'agissait-il d'une invention méchante de lord Farringdon ?

« Impossible ! S'il n'avait pas rencontré cette femme dans une auberge, il n'aurait jamais pu être au courant de son existence. »

Autant le cœur de la jeune fille était gonflé de joie et d'espoir, un instant auparavant, autant l'angoisse la rongeait maintenant.

« S'il a invité lady Marlow à venir le rejoindre, cela signifie que je ne compte plus pour lui, se dit-elle. Dans ce cas, pourquoi tenterait-il l'impossible pour me sauver ? Tout cela n'a pas de sens… »

Le lendemain, à la fois pleine d'anxiété et d'espoir, Liliana se prépara pour sa promenade à Hyde Park.

Serait-ce ce jour-là que la comtesse douairière et James mettraient leur plan à exécution ?

« S'ils réussissent à m'enlever, je devrai laisser tous mes vêtements ici », pensa-t-elle soudain.

Elle haussa les épaules.

« La belle affaire ! »

Elle laisserait surtout dans ses placards la robe de mariée qu'on lui avait livrée la veille, en fin d'après-midi. Et elle ne s'en plaindrait pas... Le dernier essayage avait été un véritable cauchemar. Oh, elle était bien jolie dans ce nuage de mousseline et de satin blanc ! Mais tout cela, pour qui ?

« Pour un homme que j'exècre ! »

En s'efforçant de ne pas montrer son impatience, la jeune fille descendit prendre son petit déjeuner.

Lord Farringdon et Andrew, qui se trouvaient déjà dans la salle à manger, se levèrent courtoisement à son entrée avant de se remettre à manger avec appétit leurs œufs brouillés au bacon.

Comme chaque matin, les journaux étaient étalés sur la table. Lord Farringdon replia *The Telegraph*.

— Vous ne pourrez pas sortir aujourd'hui, dit-il à Liliana.

Consternée, elle retint sa respiration.

— Pourquoi ? demanda-t-elle d'une voix presque inaudible.

S'efforçant de paraître naturelle, elle poursuivit :

— Il fait froid, soit, mais ce matin, justement, le soleil a fait une timide apparition et j'espérais...

— Mme Lock est grippée. Elle est au lit avec une forte fièvre. Il lui sera donc impossible de vous chaperonner pendant plusieurs jours.

Elle serait débarrassée de Mme Lock pendant un certain temps ? Cela, au moins, représentait une bonne nouvelle. Mais si elle ne pouvait pas aller se promener dans Hyde Park comme prévu... quelle catastrophe !

Voyant l'expression désolée de la jeune fille, Andrew vint à son secours.

— Voyons, George, tu ne peux pas obliger ta fiancée à rester tout le temps enfermée. Elle va devenir neurasthénique. Pourquoi ne l'accompagnes-tu pas ?

— Parce que je n'en ai pas le temps, répliqua lord Farringdon avec agacement.

— Je pourrais aller avec elle, suggéra Andrew.

— Tu me prends pour un imbécile ?

Andrew leva les yeux au ciel.

— Honnêtement, George ! Tu es d'une jalousie maladive. Cela te perdra.

Son aîné lui adressa un regard noir. Sans se laisser impressionner, Andrew poursuivit :

— Écoute, tu n'as rien à craindre de ma part. Aurais-tu oublié que je suis fiancé ? Si tu savais combien j'ai hâte de retourner à Paris afin d'y retrouver celle que j'aime.

— Dans ce cas, pourquoi restes-tu en Angleterre ?

— Tout simplement pour assister à ton mariage, riposta Andrew. Cela me semble logique, non ? Que diraient les gens, en effet, si ton seul frère n'était pas présent le jour de la cérémonie ?

— Hum ! fit seulement lord Farringdon, à demi ébranlé.

— Tu peux me laisser seul avec Liliana, insista Andrew. Je t'assure que tu n'as rien à redouter de ma part.

— Hum !

— Il faut tout de même qu'elle prenne l'air, cette pauvre petite prisonnière.

— Ah, elle est bien à plaindre !

— À dix-huit ans, ce n'est pas drôle de vivre dans ces conditions.

— Après notre mariage, je lui laisserai un peu plus de liberté. Pour le moment, je me méfie. Car j'ai de bonnes raisons pour cela, crois-moi !

— Laisse-la faire le tour de Hyde Park avec moi. Cela lui fera du bien.

Lord Farringdon examina son frère d'un air plein de suspicion. Puis il hocha la tête.

— Très bien.

En entendant cela, la jeune fille eut envie de sauter de joie. Lord Farringdon se mit à ricaner. Ce ricanement qu'elle détestait tant.

— Si tu veux jouer les Mme Lock, libre à toi, mon cher Andrew. Veux-tu l'une de ses robes ?

Son frère lui adressa un coup d'œil dédaigneux.

— Quand tu avais quinze ans, tu faisais toujours des plaisanteries d'un goût douteux. Tu n'as pas changé ?

Lord Farringdon se fâcha.

— Si tu le prends sur ce ton, je t'interdis de sortir avec Liliana.

La jeune fille se mordit la lèvre inférieure presque au sang. Un moment « oui », un moment « non ». Quelques minutes d'espoir, puis tout retombait...

— Je plaisantais, dit Andrew. Aurais-tu perdu ton sens de l'humour ?

« Lui, le sens de l'humour ? Mais il n'en a jamais eu de sa vie », pensa Liliana.

De nouveau, lord Farringdon examina son frère d'un air soupçonneux.

— Très bien, répéta-t-il. Emmène Liliana se promener dans Hyde Park.

Il agita son index dans un geste menaçant.

— Mais sois sage ! Sinon...

Liliana, qui avait écouté cette conversation sans presque oser respirer, se sentit envahie par un soulagement intense.

Puis l'anxiété l'assaillit de nouveau.

Beech, le séduisant cocher des Sherborne, était censé conter fleurette à Mme Lock pour détourner son attention. Comment allait-il réagir en se trouvant devant un homme au lieu d'une femme de charge revêche ?

« James dit que sa mère craint qu'un grain de sable ne vienne enrayer le processus qu'ils ont mis au point. En voilà déjà un… Et il m'est impossible de les prévenir de ce changement de programme. »

Ce fut le cœur battant à tout rompre que la jeune fille monta dans la voiture.

Les lèvres pincées, l'air plus soupçonneux que jamais, lord Farringdon regarda son frère s'installer à l'autre bout de la banquette. Andrew eut un geste agacé.

— Écoute, si tu n'as pas plus confiance en moi que cela, prends ma place !

« Oh, non, non ! supplia Liliana intérieurement. Non, surtout pas ! »

— Je n'ai pas le temps d'aller me promener, grommela lord Farringdon.

Son regard méfiant alla de l'un à l'autre.

— Bon, fit-il enfin avec réticence. À tout à l'heure.

Dès que la voiture partit au petit trot, Andrew éclata de rire.

— Enfin seuls ! s'exclama-t-il en portant la main sur son cœur d'un air mélodramatique.

Liliana, qui commençait à le connaître, savait parfaitement qu'il jouait la comédie. Elle aurait dû répondre sur le même ton léger. Comment cela aurait-il été possible, alors qu'elle mourait de peur et d'espoir à la pensée de la rencontre qu'ils étaient peut-être sur le point de faire ?

Un peu crispée, elle lança :

— Vous ne prenez jamais rien au sérieux.

— Heureusement ! Il n'y a rien de plus ennuyeux que les gens sérieux.

En soupirant, il ajouta :

— Et, malheureusement, mon frère fait partie de ceux-là.

Après un silence, il déclara :

— Je ne comprends pas pourquoi vous avez accepté de l'épouser. Vous ne semblez pas spécialement heureuse avec lui.

La jeune fille se détourna.

— Disons que j'y ai été obligée. Il a aidé les miens et en guise de remerciement…

— Vous avez dû vous sacrifier ! devina Andrew, visiblement choqué.

— Je n'avais pas d'autre solution. D'autant plus que… euh… que…

— Qu'il vous a forcé la main.

Lorsque la jeune fille baissa la tête dans un aveu muet, Andrew murmura :

— Cela ne me surprend pas. D'ailleurs, si vous m'appreniez que, pour arriver à ses fins, il a eu recours à un vilain petit chantage, cela ne m'étonnerait pas davantage.

Ah, il ne manquait pas de perspicacité !

— Vous ne voulez rien me dire, reprit-il. Pourtant, c'est bien ainsi que se sont passées les choses, non ?

Comme elle ne répondait toujours pas, il lança :

— Je connais mon frère, vous savez.

Liliana lui adressa un petit sourire gêné. Ils venaient d'arriver à Hyde Park. Maintenant, elle devait seulement se concentrer pour ne pas manquer un certain phaéton rouge foncé tiré par deux chevaux gris.

La voiture roulait depuis déjà un certain temps quand Andrew déclara :

— Quelqu'un nous fait signe.

Elle tressaillit.

— Qui ?

— Là-bas. Une dame âgée dans un phaéton.

La jeune fille se maudit intérieurement. Quoi ? Elle était tellement anxieuse et troublée qu'il avait fallu que ce soit le frère de lord Farringdon qui lui fasse remarquer la voiture de la comtesse douairière de Sherborne ?

Elle se pencha à la portière et, d'une voix rauque qu'elle ne se connaissait pas, s'écria :

— Mais oui, vous avez raison ! Je reconnais une vieille amie de mes parents ! Elle m'a vue et a fait arrêter sa voiture. Il faut que j'aille la saluer.

— Naturellement.

Andrew donna l'ordre au cocher d'aller se ranger à côté du phaéton rouge. Puis tout commença à se passer comme prévu...

Après avoir confié les rênes à James de Sherborne, qui avait revêtu pour l'occasion une livrée toute neuve de cocher, Beech s'approcha du véhicule voisin.

— Mademoiselle Parker, fit-il en s'inclinant avec tout le respect voulu. Milady vous a reconnue de loin et aimerait échanger quelques mots avec vous. Cela ne vous ennuierait pas d'aller jusqu'à sa voiture, car ses rhumatismes l'empêchent de se déplacer ?

— Bien sûr, j'y vais tout de suite.

Liliana sauta à terre et, d'un pas léger, courut vers le phaéton, tandis que Beech se tournait vers le chaperon de la jeune fille, prêt à entamer la conversation. En voyant Andrew Farringdon, il parut plutôt décontenancé.

Mais le premier instant de stupeur passé, il s'adapta à la situation.

— Par ce temps, les rhumatismes de milady la font souffrir encore plus que d'habitude, déclara-t-il avec un sourire.

Andrew, qui n'avait rien d'un snob et ne dédaignait pas de s'entretenir avec les domestiques, hocha la tête d'un air entendu.

— L'humidité est très mauvaise pour les articulations, c'est bien connu.

Pendant que les deux hommes échangeaient quelques banalités, Liliana avait pris place aux côtés de la comtesse.

— Vous êtes venue ! fit-elle, essoufflée comme si elle avait couru pendant des kilomètres. Dieu soit loué !

Tout de suite après le départ de son frère et de Liliana, lord Farringdon avait fait atteler une autre voiture.

Sa jalousie – une jalousie maladive – ne connaissait plus de bornes. Il était sûr que son frère flirtait avec Liliana et il souhaitait le prendre en flagrant délit afin de se débarrasser de lui pour de bon en le renvoyant immédiatement en France.

« Ces deux-là me prennent pour un imbécile ! » grommela-t-il, les dents serrées, tout en crispant les doigts sur la fine cravache dont il s'était emparé avant de partir.

Lorsqu'il aperçut, de loin, l'un de ses véhicules arrêté à côté d'un élégant phaéton rouge foncé, il fronça les sourcils.

« Que signifie tout ceci ? »

Pour ne pas éveiller la méfiance de ceux qu'il voulait espionner, il demanda à son cocher de faire halte à une certaine distance. Puis, sa cravache à la main, il se dirigea vers les deux voitures en se dissimulant derrière les arbres.

Il s'étonna d'entendre l'un des deux cochers du phaéton rire à une plaisanterie de son frère.

« Andrew n'a jamais su tenir son rang », pensa-t-il avec dédain.

Alors, tout se passa très vite. Lord Farringdon aperçut Liliana, qui venait de s'asseoir à côté de la comtesse. Selon le plan qu'il avait soigneusement établi avec sa mère, le comte s'apprêtait à fouetter les chevaux quand lord Farringdon se plaça devant l'attelage.

— Arrêtez !

Stupéfait, le comte garda son fouet en l'air. Les deux hommes se reconnurent au même moment.

— Farringdon ! s'exclama James.

— Sherborne ! lança lord Farringdon d'une voix grinçante.

Le visage convulsé de fureur, il se précipita vers le phaéton.

— Il l'enlève ! Je me doutais de quelque chose ! Ah, j'avais bien raison !

— Mon Dieu ! s'écria Liliana avec désespoir. Le voilà ! Je suis perdue !

Avec vivacité, la comtesse douairière condamna les portes. Fou de rage, lord Farringdon se trouva réduit à s'accrocher à la poignée, tout en continuant à donner de violents coups de cravache dans les vitres.

— Ouvrez ! ordonna-t-il. Ouvrez immédiatement, sinon je ne réponds plus de moi.

De crainte de provoquer un accident, le comte était obligé de retenir ses chevaux.

Andrew arriva à son tour et tenta de maîtriser son frère.

— Arrête ! Tu as perdu la tête ?

En guise de réponse, lord Farringdon le cingla en plein visage. Andrew recula, tandis qu'une mince ligne sanglante marquait sa joue.

— Tu l'as bien mérité, ricana lord Farringdon avant de se lancer à l'assaut du phaéton.

» Sortez de là, petite traînée ! Sinon vous allez tâter de ma cravache !

Comprenant que la situation prenait un tour inattendu, Beech avait repris les rênes des chevaux, si bien que le comte put sauter à terre.

— Petite traînée, répéta lord Farringdon, plus furieux que jamais. Je tourne le dos un instant et elle essaie de fuir. Vous ne l'emporterez pas au paradis !

Il réussit à forcer la porte qui s'ouvrit brusquement vers l'extérieur, manquant de le faire tomber. Alors il saisit Liliana par le poignet et la tira vers l'extérieur.

— Vous me le paierez cher !

— Lâchez-moi !

— Jamais.

— Lâchez-la, ordonna le comte. Comment osez-vous la menacer ?

Lord Farringdon se tourna brusquement vers lui en levant sa cravache. Mais James, qui était plus jeune et plus sportif, n'eut aucun mal à l'arracher des mains de lord Farringdon.

Après l'avoir jetée au loin, il croisa les bras.

— Soyez raisonnable, Farringdon, fit-il avec calme. Admettez que vous avez perdu la partie.

— Rien ne vous arrête donc ? éructa lord Farringdon. Enlever la fiancée d'un autre !

— Elle était *ma* fiancée avant que vous ne la forciez, par des moyens infâmes, des moyens qu'aucun homme correct ne s'abaisserait à employer, à promettre de vous épouser.

Avec mépris, il jeta :

— Devenir votre femme ? Pour Liliana, ce serait un sort pire que la mort.

En entendant cela, la colère de lord Farringdon décupla.

— Il n'y a qu'une manière de se débarrasser d'un rival, hurla-t-il.

Là-dessus, il sortit un pistolet de la poche de sa redingote au col graisseux, tout constellé de pellicules. Tout en le braquant sur le cœur du comte, il rugit :

— C'est un cas de légitime défense !

La comtesse douairière et Liliana laissèrent échapper le même cri d'horreur.

— Tu es fou ! s'écria Andrew.

Il voulut s'interposer entre les deux hommes, mais déjà, ceux-ci roulaient par terre, tandis que le comte s'efforçait de s'emparer de l'arme de son agresseur.

Une détonation retentit.

Les deux hommes ne bougeaient plus, tandis qu'un filet de sang commençait à couler dans la poussière.

— James… fit Liliana d'une voix blanche.

Et elle s'évanouit.

La comtesse descendit de voiture et se précipita.

— James !

Lentement, le comte se leva en portant la main à son front dans un geste égaré. Un peu de sang tachait sa livrée de cocher.

— James ! Tu es blessé ?

— Non, mère. Mais Farringdon est mort.

Andrew, tout en épongeant sa joue, secoua la tête.

— Je savais bien que tout cela se terminerait mal.

— Je ne comprends pas ce qui s'est passé, murmura le comte. Il essayait de me tuer. Soudain, le coup est parti, et c'est lui qui l'a reçu.

— Il s'agit d'un accident, déclara Andrew. Ou d'un suicide…

À mi-voix, il ajouta, comme pour lui-même :

— Mon frère n'a pas voulu reconnaître qu'il était vaincu. Je crains fort que, dans l'un de ces accès de colère dont il est coutumier, il n'ait retourné l'arme contre lui.

Le comte hocha la tête.

— C'est bien possible.

Andrew soupira.

— Je trouve cela désolant. Après tout, George était mon frère…

Avec gravité, il poursuivit :

— Mais je vous avouerai que, lorsque j'ai vu le tour que prenaient les événements, j'ai surtout craint qu'il ne tue Liliana.

— Il en était capable, admit le comte.

— Il était capable de tout, hélas ! renchérit Andrew.

— Liliana s'est évanouie, dit lady Sherborne.

Au moment où la jeune fille commençait à reprendre ses esprits, un groupe de policiers à cheval arriva.

— Que se passe-t-il ici ? demanda l'officier principal. On nous a signalé avoir entendu des coups de feu.

— Un coup de feu, corrigea Andrew.

Tout en recouvrant le cadavre d'un plaid, il enchaîna :

— Il s'agit d'un lamentable accident. Mon frère, lord Farringdon, a trébuché. Il est tombé avec son pistolet à la main, comme vous pouvez le constater.

En effet, lord Farringdon serrait toujours la crosse de l'arme.

— Et le coup est malencontreusement parti, conclut Andrew.

Il avait donc affaire à des aristocrates ? Immédiatement, le policier manifesta plus de déférence.

— Pourquoi lord Farringdon avait-il un pistolet à la main ?

— Une question d'honneur entre deux messieurs. Rien de bien méchant au départ. Ce n'est pas parce qu'un gentleman sort une arme qu'il a l'intention de l'utiliser. Les choses ont malheureusement tourné mal, ce que tout le monde regrette.

— Vous saignez.

— En voulant séparer les deux hommes, je suis tombé sur une pierre coupante, prétendit Andrew.

— Avec qui se battait lord Farringdon ?

— Avec… euh, avec un monsieur qui a disparu.

— Qui ? insista l'officier.

— Je l'ignore. Je ne l'avais jamais vu.

— Vraiment ? fit le policier, soupçonneux.
— Vraiment. Je ne le connaissais pas.
— Bizarre…
— Pas du tout. J'habite en France depuis de longues années et n'ai que peu de contacts avec les personnes de la haute société britannique.
— Hum ! Cela peut s'expliquer, admit l'officier sans enthousiasme.
Andrew avait tout de suite jugé qu'il valait mieux éviter de préciser que l'un des cochers du phaéton était en réalité le comte de Sherborne.
Le policier jeta un coup d'œil aux deux femmes qui se tenaient dans l'élégante voiture.
— Avez-vous vu la scène ? interrogea-t-il.
— Oui, répondit la plus âgée. Je suis la comtesse de Sherborne et je ne peux que corroborer ce que vient de vous expliquer ce gentleman.
— Il va y avoir forcément une enquête.
— Je me demande bien pourquoi ! s'exclama Andrew. Tout le monde a vu comment le drame a eu lieu. Vous pouvez constater vous-même que mon frère a toujours son pistolet à la main. Je vous le répète : il s'agit d'un accident.
— Allez-vous porter plainte ?
— Je n'en ai aucune intention.
L'officier principal regarda d'un air circonspect les protagonistes du drame.
Le comte avait repris sa place à côté du cocher d'un air innocent, tandis que la comtesse éventait Liliana.
— Bien, fit-il enfin, visiblement à regret. Je ferai mon rapport dans le sens que vous venez de me dire. Et nous allons envoyer un fourgon afin de ramener ce pauvre homme chez lui. À quelle adresse, s'il vous plaît ?
— À l'hôtel particulier des Farringdon, Park Street.

Deux policiers furent chargés de monter la garde auprès du corps. Quant à Andrew, il se sentait moralement obligé de rester auprès de son frère.

Les premiers instants de flottement passés après ce drame, chacun reprenait peu à peu contenance.

— Je vous remercie de ne pas m'avoir mis en cause, dit le comte en serrant chaleureusement la main d'Andrew.

— Je vous en prie. C'était tout à fait naturel.

— Je n'aurais probablement pas eu d'ennuis avec la justice. Mais imaginez le scandale si les journaux s'étaient emparés de l'affaire ! Je vois déjà les gros titres… *Lord Farringdon et le comte de Sherborne se battent pour les beaux yeux d'une femme.*

Il haussa les sourcils.

— Mais vous voici devenu lord Farringdon. Permettez-moi de vous présenter à la fois mes condoléances et mes félicitations.

De nouveau, les deux hommes se serrèrent la main. Puis Andrew haussa les épaules.

— Les titres m'ont toujours laissé froid. J'aurais préféré que mon frère vive quelques années de plus… Mais le destin en a décidé autrement.

Pensif, il ajouta :

— Et étant donné la situation, cela vaut probablement mieux.

Le comte jugea plus diplomatique de ne pas faire de commentaire.

— Je suppose que vous allez emmener Liliana ? demanda Andrew.

— Oui. Je vais la reconduire chez ses parents à la campagne.

— J'ordonnerai que l'on prépare ses malles. Où voulez-vous que je les fasse porter ?

— Ne vous donnez pas cette peine. J'enverrai quelqu'un les prendre.

Le comte marqua une pause avant de déclarer :

— L'annonce des fiançailles officielles de votre frère et de Liliana avait paru dans les journaux.

— C'est exact.

— Je suppose, par conséquent, qu'elle est censée assister aux obsèques ?

— Épargnons-lui cette épreuve, dit Andrew. Feindre de pleurer un homme qu'elle n'aimait pas ? Un homme qui avait eu recours à un chantage honteux pour la forcer à l'épouser ?

— Vous êtes donc au courant de tout ? murmura le comte.

— J'ai plus ou moins deviné ce qui s'était passé. Ne vous inquiétez pas. Je prétendrai qu'elle est souffrante. Ce que tout le monde comprendra.

Lady Sherborne les rejoignit sur ces entrefaites.

— Liliana est dans un état de terrible tension nerveuse. Après une catastrophe pareille, la pauvre enfant est bouleversée. Sommes-nous obligées de rester ici ?

— Pas du tout, assura le nouveau lord Farringdon.

— Dans ce cas, nous allons immédiatement rentrer.

— C'était ce que j'allais proposer, dit le comte. Ramenons le phaéton à Park Lane et faisons immédiatement atteler une berline de voyage pour retourner au château de Sherborne.

Épuisée par toutes ces émotions, Liliana dormit pendant la plus grande partie du trajet, sa main dans celle du comte, sa tête posée sur son épaule.

La comtesse douairière les contemplait d'un œil attendri. De temps en temps, son visage se crispait légèrement lorsqu'elle se souvenait que sir Parker risquait d'avoir des ennuis avec la justice, et que si son fils épousait Liliana, le nom des Sherborne se trouverait forcément éclaboussé.

« Son bonheur avant tout », conclut-elle, s'efforçant de ne pas penser à ce que leur réservait l'avenir.

Avant de prendre la route, ils avaient fait halte au somptueux hôtel particulier familial de Park Lane. Pendant que le cocher et un palefrenier préparaient la berline de voyage, le comte était monté dans sa chambre pour troquer sa livrée tachée de sang contre des vêtements plus adaptés à son rang.

Il pouvait maintenant se présenter devant sir Parker pour lui demander officiellement la main de sa fille.

Avant de ramener Liliana chez elle, il fit un détour par le château de Sherborne afin d'y déposer sa mère. Puis il repartit aussitôt en direction du manoir des Étangs.

Dès que la voiture s'arrêta devant le perron, Holmes apparut en haut des marches.

— Mademoiselle Liliana ! s'exclama-t-il, stupéfait.

Tout de suite, il s'inquiéta.

— Comme vous êtes pâle !

En voyant le comte de Sherborne, il demeura sidéré. Puis, retrouvant sa voix, il s'inclina.

— Milord...

Attiré par le bruit, sir William sortit de la bibliothèque d'un air sévère.

— Holmes, vous savez pourtant que je reçois des personnalités importantes. J'avais demandé que l'on ne me dérange à aucun prix, commença-t-il.

« Mon Dieu, cela recommence ! pensa Liliana, désolée. De nouveau, mon père complote avec des gens bizarres. La leçon n'a donc pas été suffisante ? »

À ce moment-là, sir William remarqua la présence de sa fille et du comte de Sherborne.

— Liliana ? Que fais-tu ici ? Je te croyais à Londres !

— Lord Farringdon est mort, annonça la jeune fille.

Et, à bout de nerfs et de fatigue, elle éclata en sanglots.

— Quoi ? Lord Farringdon est mort ? répéta lentement son père.

Avec stupeur, il interrogea :

— Et tu le pleures ?

— Oui… Euh, non…

Là-dessus, ses larmes redoublèrent.

— Nous allons tout vous raconter dans le détail, dit James. Mais pour le moment, Liliana a surtout besoin de se reposer. Sachez seulement que je dispose d'une autorisation spéciale et que si vous voulez bien me donner la vôtre pour épouser votre fille, nous nous marierons demain dans la plus stricte intimité avant de partir pour un très long voyage de noces à bord de mon yacht.

Lady Parker arriva sur ces entrefaites.

— Que se passe-t-il ? Que fais-tu ici, Liliana ? Je croyais que tu devais rester à Londres jusqu'à la date du mariage. Lord Farringdon…

— Il est mort, répéta la jeune fille.

Lady Eleanor sursauta.

— Quoi ?

— Je vais tout vous raconter, redit le comte. Mais Liliana peut-elle aller se reposer ? Elle s'est déjà évanouie tout à l'heure et, après tous ces événements traumatisants, je crains que ses forces ne l'abandonnent de nouveau.

— Je l'emmène dans sa chambre, dit lady Parker. Elle pourra…

— Une seconde ! coupa sir William avec un visible orgueil. Avant d'aller t'allonger, il faut que tu fasses la connaissance de mes amis, Liliana.

La jeune fille se raidit.

— Non !

— Viens !

— Encore des Russes ?

— Viens.

De force, sir William entraîna sa fille et le comte de Sherborne dans la bibliothèque. Les trois hommes qui étaient assis dans de confortables fauteuils en cuir se levèrent à l'entrée de Liliana.

Lorsque sir William les présenta, la jeune fille se sentit un peu rassurée : en effet, il s'agissait d'Anglais... Pas d'espions russes, cette fois.

— Ces messieurs, dont je ne suis pas censé donner les noms, sont des responsables des services secrets britanniques, expliqua sir William.

— Vous pouvez être fière de votre père, mademoiselle, dit l'un d'eux. C'est un homme très courageux. Il n'a pas hésité à faire passer son devoir avant sa propre réputation.

— Je... je ne comprends pas, balbutia la jeune fille.

L'homme sourit.

— Votre père nous a aidés à faire arrêter plusieurs espions russes, dont le prince Nicolaï Vaslaski, qui était leur chef, et dont votre père avait réussi à se faire l'ami.

— Malheureusement, poursuivit sir William, un commissaire de police trop zélé, ignorant tout des manœuvres des services secrets, a cru obtenir de l'avancement en me faisant prisonnier. Cela a bousculé tous nos plans... Je ne pouvais rien te dire tant que les Russes ne seraient pas sous les verrous. Nous avons donc feint d'entrer dans le jeu du commissaire... et dans celui de lord Farringdon, qui a immédiatement profité de la situation. Tout devait être fini à temps pour empêcher ce désastreux mariage.

— Il s'agissait donc de... d'une sorte de mise en scène ?

— En quelque sorte.

— Pourquoi ne m'avez-vous rien dit ? s'écria la jeune fille. Si j'avais su que je ne risquais pas de devenir pour de bon la femme de lord Farringdon, j'aurais mieux dominé la situation.

— Je sais que ta mère et toi me preniez pour un terrible égoïste qui ne se rendait compte de rien, mais il fallait jouer le jeu. Personne ne devait être au courant. Surtout pas toi. Tu ne sais pas combien nos ennemis peuvent se révéler cruels quand il s'agit d'extorquer des secrets à ceux qui savent.

Le comte prit la jeune fille par la taille.

— Vous voici donc devenue une héroïne.

— Bien malgré moi ! soupira-t-elle.

— Sa Majesté la reine Victoria tient à te remercier personnellement, Liliana, dit sir William.

— Quant à votre père, mademoiselle, dit l'un des responsables des services secrets britanniques, il sera reçu par Sa Majesté avec de grands honneurs. Notre pays lui doit beaucoup.

— On... on ne vous mettra plus jamais en prison, père ? demanda la jeune fille.

— Tu veux rire, ma chère enfant ? Quant au stupide commissaire qui a commis cette boulette, il n'est pas près de recevoir de l'avancement, crois-moi !

Liliana eut l'impression que tout tournait autour d'elle. Ses jambes ne la portaient plus. Un voile noir passa devant ses yeux et, de nouveau, elle s'évanouit – dans les bras de James de Sherborne, cette fois.

Lorsque la jeune fille reprit conscience, elle était allongée sur l'un des canapés du salon. Sa mère lui posait un linge mouillé sur le front, tandis que James lui tenait la main.

— Elle revient à elle, dit-il. Enfin !

Liliana voulut s'asseoir, mais ils l'en empêchèrent.

— Repose-toi, ma chère enfant, dit lady Parker.

Peu à peu, la jeune fille retrouvait ses esprits.

— Je suis désolée. Jamais je ne me suis évanouie de ma vie…

Avec un sourire confus, elle ajouta :

— Et maintenant, je n'arrête pas. Je ne comprends pas ce qui m'arrive.

— Après toutes ces émotions, rien de plus naturel, assura le comte.

— J'étais déjà tellement anxieuse ce matin. Je me demandais si ce serait le jour où votre plan serait mis à exécution. Puis tout est allé de travers. Lord Farringdon a déclaré que je ne pourrais pas sortir pendant au moins une semaine car Mme Lock avait une grosse grippe. Andrew a alors proposé de m'accompagner. Après avoir longuement hésité, lord Farringdon a enfin accepté. Mais mon anxiété allait croissant, car cela modifiait votre plan… En effet, comment Beech pourrait-il conter fleurette à Andrew Farringdon ?

James éclata de rire.

— Beech ne manque pas de ressource. Il s'est tout de suite adapté à la situation.

Liliana frissonna.

— Quand lord Farringdon est arrivé en me menaçant de sa cravache, j'ai cru mourir de peur… Après cela, il vous a reconnu, et la confusion est devenue totale.

Voyant que lady Parker avait visiblement du mal à suivre, le comte expliqua :

— J'avais décidé d'enlever Liliana, avec l'aide de ma mère.

— La comtesse douairière acceptait que son fils unique épouse la fille d'un homme ayant fait de la prison ? s'étonna lady Eleanor.

Un homme risquant d'être accusé de haute trahison et encourant la peine capitale ?

— Ma mère était très réticente au début, admit franchement James. Puis quand elle a compris que je ne pouvais pas vivre sans celle que j'aimais, elle s'est résignée.

— Elle sera soulagée lorsqu'elle apprendra que toutes les charges qui pesaient sur mon mari deviennent inexistantes. Et qu'au lieu d'être accablé d'opprobre, il va être couvert de gloire et d'honneurs.

— Ce dont nous sommes tous très fier, assura James.

Puis il reprit son récit.

— J'avais donc décidé d'enlever Liliana et avais conçu pour cela un plan relativement simple. Le mariage aurait été célébré le jour même, puis nous serions partis pour l'Amérique. La folle jalousie de Farringdon a bouleversé ce projet. S'imaginant que son frère courtisait Liliana, il les a suivis... et c'est moi qu'il a trouvé sur son chemin.

— Il a voulu me frapper avec sa cravache, dit Liliana en frissonnant. James s'est alors jeté sur lui. Ils se sont battus.

Elle ferma les yeux.

— C'était terrible ! Puis un coup de feu a retenti...

— Farringdon avait une arme, dit James. D'après son frère, il l'aurait retournée contre lui lorsqu'il a compris qu'il avait perdu la partie. Est-ce vraiment ce qui s'est passé ? Nous ne le saurons jamais. Officiellement, il s'agit d'un malencontreux accident. Ainsi, tout scandale est évité.

Lady Parker fronça les sourcils.

— Liliana va être obligée d'assister à l'enterrement.

— Non. Nous dirons qu'elle est souffrante. De toute manière, elle sera loin ! Sir William m'a accordé sa main, nous nous marierons demain dans la plus stricte intimité, et nous partirons immédiatement en voyage de noces à bord de mon yacht.

Liliana regarda James avec des yeux mouillés de larmes.

— Tout s'est arrangé par miracle. Je croyais toucher le fond du désespoir, et maintenant... maintenant, je n'ose croire à mon bonheur, balbutia-t-elle.

Lady Parker esquissa un sourire attendri.

— Tu dois avoir soif, je vais chercher un peu d'eau, prétexta-t-elle afin de les laisser seuls.

Dès qu'elle sortit, le comte enlaça la jeune fille.

— Je vous aime, je vous adore.

— Je vous aime, je vous adore, fit-elle en écho.

Soudain, une ombre gâcha sa joie.

— Lady Marlow... commença-t-elle.

James lui adressa un regard stupéfait.

— Que vient-elle faire ici ?

— C'est... une jolie rousse, n'est-ce pas ?

— En effet. Mais enfin, Liliana ! Pourquoi me parlez-vous de cette femme ?

— Lord Farringdon l'a rencontrée par le plus grand hasard à l'auberge de La Tonnelle. Elle racontait à qui voulait l'entendre qu'elle avait fait votre connaissance à Bombay et se vantait d'aller vous retrouver au château de Sherborne.

James éclata de rire.

— Elle est arrivée à Sherborne, en effet. Et je l'ai aussitôt mise à la porte. Comment osait-elle venir me relancer jusque chez moi, sous prétexte qu'il nous était arrivé de danser ensemble plusieurs fois ?

Il resserra son étreinte.

— Ne pensons pas à elle, mon tendre amour. Pensons plutôt à nous, à l'existence de rêve qui nous attend. Je vous aime, répéta-t-il.

— Oh, James, mon amour...

Éblouie de bonheur, elle ferma les yeux.

« La vie est merveilleuse », pensa-t-elle, tandis que ses lèvres rencontraient celles de James dans le plus doux, le plus tendre des baisers.

Découvrez les prochaines nouveautés de nos différentes collections J'ai lu pour elle

AVENTURES & PASSIONS

Le 3 mars :

Un séduisant capitaine ☙ Miranda Jarrett (n° 8598)

Angleterre, 1747. Sur le point de se marier avec lord Roxby, un menteur aux mœurs dépravées, Diana rencontre le séduisant capitaine James Dunham, blessé à la guerre. Très vite, ils tombent amoureux. Mais Roxby n'entend pas perdre sa future femme, et pour cela il est près à tout ...

Inoubliable Francesca ☙ Mary Balogh (n° 8599)

Comment refuser l'aide de cet arrogant dandy ? Francesca est furieuse. A cause de lui, sa voiture est coincée dans une congère. Ayant trouvé refuge dans une auberge, le gentleman et la jeune soprano ne cessent de se disputer jusqu'au moment où la passion jaillit. A l'issue de cet interlude romantique, Francesca est tombée amoureuse du vicomte Sinclair, pourtant elle sait que ses erreurs passées lui interdisent de l'aimer.

Les sœurs Brantford —1, Un mari piégé ☙
Tracy Anne Warren (n° 8563)

Le jour de son mariage avec le duc de Raeburn, Rose Brantford échange sa place avec sa sœur jumelle Violet qui a toujours été secrètement amoureuse du duc. Violet est le portrait de sa sœur à cela près qu'elle est extrêmement cultivée. Le duc découvrira-t-il cette mascarade ?

La scandaleuse ☙ Judith McNaught (n° 3741)

À seize ans, Whitney est persuadée qu'un seul homme comptera dans sa vie : Paul. Même un séjour à Paris imposé par son père ne la fait pas changer d'avis. Quatre ans plus tard, elle est devenue une ravissante jeune femme qui traîne tous les cœurs dans son sillage. Mais, tandis que Whitney papillonne dans les bals, un mystérieux inconnu l'épie dans l'ombre...

Nouveau ! 2 rendez-vous mensuels aux alentours du 1er et du 15 de chaque mois.

Le 19 mars :

Un gentleman déshonoré – Jacquie D'Alessandro (n° 8600)

Victoria Wexhall a été humiliée par Nathan Oliver qui l'embrasse pour disparaître peu après. Trois ans plus tard, elle a sa revanche. Elle décide alors de le rendre amoureux d'elle avant de l'abandonner. Mais ce qu'elle ignore, c'est que c'est un espion pour la couronne d'Angleterre qui sait utiliser son charme pour découvrir les secrets les plus profonds…

Une passion hors du temps – Karen Marie Moning (n° 6505)

Gwen Cassidy effectue un voyage en Écosse. En voulant rattraper son sac tombé dans une crevasse, elle bascule dans le gouffre. Sa chute réveille un mystérieux Highlander. De fait, un sort jeté cinq siècles plus tôt a plongé Drustan MacKeltar dans un sommeil surnaturel. Lorsqu'il reprend conscience, Drustan n'a pas la moindre idée de ce qui lui est arrivé. Mais la délicieuse créature qu'il découvre lui paraît tout à fait fascinante, avec ses idées extravagantes et ses habits impudiques.

Si vous aimez Aventures & Passions,
laissez-vous tenter par :

Passion intense

Quand l'amour vous plonge dans un monde de sensualité

Le 19 mars :

Désirs interdits – Thea Devine (n° 5191)

Le comte Trevor Reynell est furieux : sa belle-mère Diandra lui annonce son arrivée en Angleterre, deux ans après la mort mystérieuse de son père aux Indes. D'étranges événements surviennent au château de Skene qui éveillent leur méfiance l'un à l'égard de l'autre. Mais, lorsque la nuit tombe dans les appartements secrets, dans les souterrains, ils cèdent au désir…

Une femme comblée – Joan Elizabeth Lloyd (n° 8601)

Depuis son mariage raté, Tracy est persuadée qu'elle est frigide et n'ose plus avoir une relation avec un homme. Est-elle condamnée à la solitude ? Poussée par sa sœur, elle décide d'assister à des conférences sur le sexe et perd peu à peu ses complexes. Seulement, la théorie n'est intéressante que si elle peut être mise en pratique…

Nouveau ! 1 rendez-vous mensuel
aux alentours du 15 de chaque mois.

Romance d'aujourd'hui

Le 3 mars :

Celle qui avait peur d'aimer ☙ Catherine Anderson (n° 6213)

Ryan Kendrick, fermier à Cristal Falls, ne s'attendait certainement pas à rencontrer la femme de ses rêves dans le bazar de la ville. Bethany a un visage en forme de cœur, une bouche tendre, des taches de rousseur, et les plus beaux yeux qu'il ait jamais vus. D'un bleu qui lui rappelle les violettes qui poussent dans les prés de son ranch. Mais Bethany est assise dans un fauteuil roulant…

Le 19 mars :

Baby love ☙ Catherine Anderson (n° 8597)

Pour fuir son beau-père, un homme violent, Maggie décide de prendre son bébé et de sauter dans un train de marchandises occupé par des chemineaux. Quand les compères ivres de Rafe l'attaquent, le jeune homme vient à son secours. Le cœur de l'ancien fermier est tout de suite conquis par la jeune mère et son fils. Maggie, elle, ne sait pas si elle peut encore une fois faire confiance à un homme.

Nouveau ! 1 rendez-vous mensuel aux alentours du 15.

MONDES MYSTÉRIEUX

Le 3 mars :

La communauté du sud – 7. La conspiration

Charlaine Harris (n° 8604)

Trahie par son grand amour, Bill le Vampire, Sookie doit non seulement gérer sa rencontre avec le séduisant tigre-garou Quinn mais aussi sa participation au sommet des vampires. Après les dommages causés par le cyclone, l'autorité de la reine des vampires de Louisiane est contestée. Lors du sommet, des alliances secrètes se nouent, et Sookie doit choisir son camp. Or, ce choix pourrait bien faire la différence entre rester en vie ou courir à la catastrophe ultime...

Nouveau ! 1 rendez-vous mensuel aux alentours du 1er de chaque mois.

Et toujours la reine du roman sentimental :

Barbara Cartland

Le 3 mars :

Le stratagème de Dorinda (n° 8596)

Le 19 mars :

Un tel enchantement (n° 3271)

Nouveau ! 2 rendez-vous mensuels aux alentours du 1er et du 15 de chaque mois.

8560

Composition Chesteroc Ltd
Achevé d'imprimer en France (Malesherbes)
par Maury-Imprimeur
le 2 janvier 2008.
Dépôt légal janvier 2008. EAN 9782290002544

Éditions J'ai lu
87, quai Panhard-et-Levassor, 75013 Paris
Diffusion France et étranger : Flammarion